Alexander Nyári

Der Porträtmaler Johann Kupetzky - sein Leben und seine Werke

Alexander Nyári

Der Porträtmaler Johann Kupetzky - sein Leben und seine Werke

ISBN/EAN: 9783743404212

Hergestellt in Europa, USA, Kanada, Australien, Japan

Cover: Foto ©Raphael Reischuk / pixelio.de

Manufactured and distributed by brebook publishing software (www.brebook.com)

Alexander Nyári

Der Porträtmaler Johann Kupetzky - sein Leben und seine Werke

DER PORTRÄTMALER

JOHANN KUPETZKY

SEIN LEBEN UND SEINE WERKE

VON

ALEXANDER NYÁRI.

MIT ZWEI PORTRÄTS.

WIEN. PEST. LEIPZIG.
A. HARTLEBEN'S VERLAG.
1889.
ALLE RECHTE VORBEHALTEN.

SEINER EXCELLENZ

DEM HERRN

GRAFEN EDMUND ZICHY VON VÁSONYKEŐ

K. K. WIRKLICHER GEHEIMER RATH

CURATOR DES K. K. OESTERREICHISCHEN MUSEUMS FÜR KUNST UND INDUSTRIE

DEM WARMEN FÖRDERER DER KUNST UND WISSENSCHAFT

IN HOHER VEREHRUNG GEWIDMET

VOM

VERFASSER.

Vorwort.

Nach einer vierjährigen Thätigkeit haben wir die Biographie Johann Kupetzky's vollendet. Der Künstler fesselte uns in seinen Werken genug, dass wir uns seinerzeit entschlossen haben, diese Arbeit zu vollenden, wobei es an Ermunterungen seitens der Fachkreise nicht ermangelte. Die Schwierigkeit der Arbeit lag hauptsächlich in der Erforschung des nöthigen Materials, zumal die Daten über Kupetzky sehr gering und in verschiedenen Quellenschriften zerstreut waren.

Vielfache briefliche und persönliche Nachfragen, längere Reisen, historische Studien und Quellenforschungen setzten uns bei Sichtung des erlangten Materials in die Lage, bisher bestandene divergirende, unrichtige und widersprechende Angaben auszuscheiden und die Biographie auf Grund amtlicher Documente und verlässlicher Beiträge zu schreiben.

Das Verzeichniss von Kupetzky's Gemälden ist möglichst vollständig. Wir sagen „möglichst", weil Bilder ewigen Wanderungen ausgesetzt sind, und wir haben einzelne Werke aus älteren Sammlungen, da keine Anhaltspunkte vorhanden waren, nicht auffinden können. Doch geben wir auch das Verzeichniss der jetzt nicht mehr existirenden Bilder und bezeichnen diese, sowie auch die nicht mehr existirenden Sammlungen mit einem Sternchen. Wir haben dieselben den alten Katalogen entnommen. Manche Personen kommen im Verzeichniss auch zweimal vor, aber wir wissen, dass Kupetzky mehrere Personen auch öfter gemalt hat.

Wenn aber Kertbeny in seiner anonym herausgegebenen Schrift: „Ungarns Männer der Zeit", Seite 109, schreibt, dass er eminente Bilder von Kupetzky in London, im Louvre zu Paris, in Genf, in der Borromea zu Mailand, im Palazzo Pitti zu Florenz, sogar in Rom gesehen habe, so ist uns hiervon nichts bekannt, obzwar wir nachsuchten. Möglich, dass sich Kertbeny geirrt hat.

Leider sind auch nicht alle unsere Briefe, die wir an verschiedene Galerien Oesterreich-Ungarns und Deutschlands gerichtet, beantwortet worden. Bei der Biographie Kupetzky's war es uns aber nicht möglich, alle Galerien aufzusuchen, um dort Studien zu machen; doch haben wir genügendes Material, dass wir die Biographie fertig bringen konnten, denn von den Bildern dürften nur wenige hier nicht verzeichnet sein.

Einige Anekdoten circulirten über Kupetzky. Er soll eine Dame in Wien derart gemalt haben, dass ihr Gesicht dem einer Robbe ähnlich sah. In Nürnberg soll er auf das Porträt eines vornehmen Herrn, der das Bild zu theuer fand, Eselsohren gemalt haben. Kupetzky wurde im „Prager Unterhaltungsblatt" 1857, S. 41, unter dem Titel: „Zwei Tage aus dem Leben eines Malers", von Herold novellistisch behandelt. Die „Rheinischen Blätter für Unterhaltung" etc., Beiblatt zum „Mainzer Journal" 1858, Nr. 300 bis 304, veröffentlichen in dem Artikel „Künstlerrache" eine Episode aus Kupetzky's Leben, die früher in den Münchener „Fliegenden Blättern" abgedruckt war.

Wir glauben nicht an die Anekdoten, auch nicht an den Inhalt der belletristischen Arbeiten, denn sein ganzes Leben war darnach, ihn selbst eher verstimmt zu machen, denn zu irgend einem Künstlerulk anzuspornen. Auch war er mehr rauh und gesellschaftlich ungeniessbar, und wenn er etwas dachte, dann sagte er es auch selbst dem Kaiser rund heraus. Aber dieses rauhe, scheinbar unfreundliche Wesen hatte ein edles, warmes Herz, sobald er an die Eltern, Geschwister, an seinen Sohn, an die verfolgten Glaubensgenossen und den Armen überhaupt dachte. Dies beweist doch am besten sein Testament.

Seine Vaterstadt, die königliche Freistadt Bösing in Ungarn, liess eine graue Marmortafel an seinem Geburtshaus anbringen, die die Inschrift trägt:

Geburtshaus

des

Johann Kupetzky

1667

und ehrte somit das Andenken des Künstlers, der ohne irgend ein Zeichen am Grabe im St. Johannes-Friedhof zu Nürnberg bei seinem Sohne begraben liegt.

Schliesslich sei es gestattet, für die uns gewordenen Unterstützungen und die wohlgemeinten Weisungen, die unser Werk förderten, hier öffentlich unseren verbindlichsten Dank abzustatten, und zwar:

Dem hohen königlich ungarischen Ministerium für Cultus und Unterricht in Budapest für eine uns verliehene Subvention.

Den Herren: Johann v. Batka, Archivar der königlichen Freistadt Pressburg; A. Bayersdorfer, Conservator der königlichen Staats-Gemäldegalerie in München; Regierungsrath Eduard Ritter v. Engerth, Director der k. k. Gemäldegalerie Belvedere in Wien; A. Essenwein, Director des germanischen Nationalmuseums in Nürnberg; Staatsrath Constantin v. Goubastoff, kaiserlich russischer Generalconsul in Wien; Dr. Albert Ilg, Director der k. k. Ambraser-Sammlung in Wien; Dr. Árpád v. Károlyi, Archivar im k. k. Haus-, Hof- und

Staatsarchiv in Wien; Anton Ligeti, Custos der Gemäldegalerie des Nationalmuseums in Budapest; Dr. Karl v. Lützow, Professor an der technischen Hochschule in Wien; Stefan v. Rakovszky, k. k. Kämmerer in Pressburg; Emerich Ranzoni, Schriftsteller in Wien; Geheimer Hofrath Dr. C. Ruland, Director des grossherzoglichen Museums in Weimar; H. v. Rustige, Inspector der königlichen Staatsgalerie in Stuttgart; August Schaeffer, Maler und Director-Stellvertreter der k. k. Gemäldegalerie Belvedere in Wien; Dr. Karl Schrauf, Archivar im k. k. Haus-, Hof- und Staatsarchiv in Wien; Regierungsrath Dr. Ludwig v. Thallóczy, Archivdirector im Reichs-Finanzministerium in Wien; Koloman v. Thaly, Mitglied der ungarischen Akademie in Budapest; Dr. Franz Wickhoff, Universitätsprofessor in Wien; Dr. Karl Alphons v. Witz-Stöber, k. k. Oberkirchenrath in Wien; Excellenz Graf Edmund v. Zichy, k. k. Wirklicher geheimer Rath in Wien. Allen für die uns gewordene moralische Unterstützung.

Wien, 1889.

Alexander Nyári.

Inhalt.

	Seite
Vorwort	VII

I.

Die Böhmischen Brüder und der Religionskrieg in Böhmen. — Die Einwanderung nach Ungarn. — Die königliche Freistadt Bösing. — Die Geburt Johann Kupetzky's. — Das Gewerbe des Vaters. — Die Lehrlingsjahre. — Die Flucht aus dem Elternhause 1

II.

In der Fremde. — Der Religions- und Bürgerkrieg in Oberungarn. — Im Schloss des Grafen Czobor. — Die Familie Czobor. — Die Reise nach Wien. — Kupetzky's Lehrmeister in der Malerei. — Kupetzky's Studien. — Die Reise nach Italien 10

III.

Kupetzky in Venedig. — Begegnung mit dem Cavaliero Pietro Libri. — Bittere Täuschung und die Reise nach Rom. — Ankunft in Rom und die Bekanntschaft mit Füessli. — Kupetzky's Lehrjahre. — Bilder für den Arzt der deutschen Gesandtschaft. — Im Dienste des Prinzen Alexander Sobiesky. — Kupetzky's Studienreise nach Oberitalien. — Von Venedig nach Wien 22

IV.

Ein Apokryph. — Die Reise nach Wien. — Das Porträt des Kaisers Leopold I. — Die Künstlergemeinde in Wien. — Glückliche Erfolge am kaiserlichen Hof. — Kupetzky's Schüler und späterer Freund und Biograph Johann Caspar Füessli 37

XII

Seite

V.

Wieder der Apokryph. — Kupetzky's Heirat. — Beim Czaren Peter I in Karlsbad. Unglückliche Ehe. Die Bilder in Bösing. Beim Fürsten Rakoczy. Rembrandt als Vorbild. — Beschäftigung am Wiener Hofe. — Die Flucht nach Nürnberg 55

VI

Kupetzky in Nürnberg. Künstlerische Thätigkeit und Berufungen. Tod seines Sohnes. — Die treulose Gattin — Kupetzky's Tod Auszug aus seinem Testament Hinterlassene Bilder Seine Frau und Schliekeisen — Seine Schuler 82

VII.

Die Stecher und das Verzeichniss der Stiche nach Kupetzky's Gemälden — Medaillen 102

VIII.

Das Verzeichniss von Kupetzky's Gemälden . 111

I.

(Die Böhmischen Brüder und der Religionskrieg in Böhmen. — Die Einwanderung nach Ungarn. — Die königliche Freistadt Bösing. — Die Geburt Johann Kupetzky's. — Das Gewerbe des Vaters. — Die Lehrlingsjahre. — Die Flucht aus dem Elternhause.)

Um J. Kupetzky's Lebensgeschichte ganz zu verstehen, wird es wohl nöthig sein, Einiges über die Secte zu sprechen, deren, wie es sich später zeigen wird, eifrigster Anhänger unser Kupetzky war. — Die in Böhmen und Mähren zurückgebliebenen „Böhmischen und Mährischen Brüder", die sich 1575 mit den Kalixtanern, Lutheranern und Reformirten zur Abfassung eines gemeinsamen Bekenntnisses vereinigt hatten, wurden während und nach dem dreissigjährigen Krieg (1618 bis 1648), soweit sie sich nicht zur Rückkehr zum Katholicismus zwingen liessen, vertrieben. Der letzte Bischof der älteren Brüdergemeinde war Johann Amos Comenius; die Gemeinde löste sich aber noch zu seinen Lebzeiten vollends auf. — Dieser Comenius (geboren 1592 in Nivnitz bei Komne [Ungarisch-Brod] in Mähren) hatte ein vielbewegtes Leben. Im Jahre 1648 wurde er Bischof der Böhmischen Brüder und wohnte in Lissa. Seine während der Friedensverhandlungen um günstige Bedingungen für seine Glaubens- und Gemeindegenossen gemachten eifrigen Bemühungen waren erfolglos. Der Fürst Rákóczy rief ihn 1650 nach Sáros-Patak, wo er ganz nach seinen eigenartigen Grundsätzen eine höhere Schule errichten durfte; aber der plötzliche Tod des Fürsten brachte alle Einrichtungen ins Stocken, und er kehrte nach zweijährigem Aufenthalt nach Lissa zurück.

Im April 1656 erfolgte für die Gemeinde der Todesstoss. Da eroberte und zerstörte ein polnisches Heer die Stadt Lissa, und mit Verlust von Hab und Gut, darunter dem grössten Theil seiner Handschriften, zog Comenius über Hamburg, wo er zwei Monate krank lang, nach Amsterdam, wo Lorenz de Geer ihm ruhigen Aufenthalt und die Möglichkeit, eine Gesammtausgabe seiner pädagogischen Werke (1657) zu veranlassen, gewährte.

In den letzten Lebensjahren wendete er sich ganz mystischen Speculationen zu und starb im Jahre 1671; in der Kirche zu Naarden hat man vor einigen Jahren seine Ruhestätte gefunden. Nach ihm machte der Graf Zinzendorf Anstrengungen, um die Gemeinde zu erhalten, aber vergebens.

Ueber die Lehre des Peter Chelčický schreibt Gindely:[1] „Eine Gesellschaft, die nicht nur den tausendjährigen Glauben an die reale Gegenwart Christi im Abendmahle auf Erden, an die Einsicht der Kirche, an die Heiligenverehrung, sondern selbst die Fundamente des Staates angriff, musste gegen sich jede Obrigkeit aufregen. Ein Kampf bis zur Vernichtung musste erfolgen, oder es musste eine Modification ihrer Lehrsätze eintreten, wodurch der Gegensatz gemildert wurde."

Und es folgte der Vernichtungskampf. Mit Recht sagt derselbe Autor im Vorwort seines Werkes, die Böhmischen Brüder haben vom Momente ihrer Entstehung als wahre Repräsentanten des nationalen Hussitenthums bis zum Tode ihres letzten Meisters — des Comenius — im Exile (1450 bis 1671) der Geschichte ihres Landes einen eigenthümlichen Stempel aufgeprägt, sie haben sich als Hauptfactor an allen Bewegungen betheiligt, die das 16. und 17. Jahrhundert erschüttert haben. Es giebt keine Epoche, mit Ausnahme der hussitischen, die an innerer Bewegung, an Reichthum der Thatsachen und an den mannigfachsten Katastrophen reicher wäre als diese.

Die im Jahre 1656 erfolgte Invasion der Polen war also für die Gemeinde ein Stoss ins Herz, und von da befanden sich die wenigen Reste der Böhmischen und Mährischen Brüder in fortwährender Agonie. Von den Behörden verfolgt, von den Truppen geplündert, rettete Jeder, was zu retten war; zahlreiche wohlhabende Familien kamen an den Bettelstab, da sie die Nothlage zwang, das eigene nackte Leben zu retten. Die

---

[1] Anton Gindely, Geschichte der Böhmischen Brüder. Prag, 1857. I. S. 43.

Brüder flüchteten nach allen Windrichtungen, nach Polen und den angrenzenden Provinzen.

Unter den Emigranten des Jahres 1666 befanden sich auch die Eltern unseres Künstlers: Adam Kupetzky und dessen Ehefrau Barbara.[1]) Auf der Flucht sind sie nach der königlichen Freistadt Bösing bei Pressburg (in Ungarn) gelangt und bezogen das noch heute stehende Haus Nr. 173 in der Gaisgasse. Im Juli des Jahres 1886 sind wir dort gewesen und haben die aus Zimmer, Kammer und Corridor bestehende, höchst ärmliche Wohnung besichtigt, wo unser Meister im Jahre 1667 geboren wurde.[2]) Das Gebäude bildet das dritte Haus vom Anabaptistenhause (auch Habanahof genannt), das heute schon abgebrochen in Ruinen dasteht. Wir haben die Absicht gehabt, in Bösing im städtischen Archiv und im Matrikelamt der evangelischen Gemeinde Kupetzky und seiner Familie nachzuforschen. Leider konnte unser Vorhaben zu keinem günstigen Resultat führen, da — nach der mündlichen Mittheilung des Herrn Bürgermeisters Andreas Eissele — in Folge einer im Jahre 1832 stattgefundenen Feuersbrunst die respectiven Schriften verbrannt sind.

Dem Herrn Bürgermeister Andreas Eissele und dem Herrn Apotheker Franz v. Meissel verdanken wir die traditionelle Mittheilung, dass Adam Kupetzky nicht der einzige Böhmische

---

[1]) Der erste Biograph Kupetzky's, Johann Caspar Füessli, nennt in seinem kleinen Werke „Leben Georg Philipp Rugendas und Johannes Kupezki. Zürich beim Verfasser, 1758" die Taufnamen der Eltern nicht. Dagegen finden wir diese Namen bei Michael Zsilinszky: Kupeczky János. Budapest, 1878. S. 5.

[2]) B. Gruber versetzt in der „Allg. Deutschen Bibliographie", 1883, XVII, S 408, so auch J. D. Fiorillo in seiner „Geschichte der zeichnenden Künste in Deutschland und den vereinigten Niederlanden", 1815 bis 1820, III. S. 295, und auch Dr. G. K. Nagler in seinem „Neuen Allgem. Künstlerlexikon", VII. S. 214, die Geburtszeit Kupetzky's in das Jahr 1666, während Dr. Constantin v. Wurzbach in seinem „Biographischen Lexikon des Kaiserthums Oesterreich" etc., Wien, 1865, S. 397, zwar das richtige Geburtsjahr bezeichnet, aber dieses Jahr zugleich als Einwanderungsjahr der Eltern nennt. Sämmtliche Angaben sind unrichtig, da Füessli, ein persönlicher guter Freund des Kupetzky, gewiss von Kupetzky selbst gehört hat, wann seine Eltern nach Bösing kamen und dass er (der Künstler) 1667 geboren wurde. In chronologischer Beziehung verdient Füessli vollkommenes Vertrauen; es ist nur zu bedauern, dass diese Chronologie nicht derart durch das ganze Werk geht, als es eben erwünscht wäre.

Bruder war, der sich in Bösing niedergelassen, vielmehr waren es deren viele, und zwar grösstentheils Bäcker und Weber, die hier in der Umgebung des bezeichneten Geburtshauses von Johann Kupetzky eine factische Weber- und Bäckercolonie bildeten. Zu jener Zeit war es so eingerichtet, dass sich das Handwerk des Vaters auf den Sohn, und so weiter von Generation auf Generation vererbt hat, und somit bildeten die einzelnen Zünfte der Stadt für sich selbst eine eigene Gemeinde.

Inmitten dieser ruhigen, friedlichen Stadt liess sich Vater Kupetzky, der einfache Weber, mit seiner Frau nieder und führte bald ein recht behagliches, patriarchalisches Leben, das die Verfolgungen in der ersten Heimat, die Strapazen der ersten Reise[1]) und die damit verbundenen Entbehrungen vergessen zu machen gewiss geeignet war. In dieser Stadt, einst das Gut der Familie Illésházy,[2]) war das Gewerbe sehr vorgeschritten, und besonders die Weber besassen grosse Privilegien.[3]) Selbstverständlich imponirten diese Privilegien Adam Kupetzky so sehr, dass er aus diesem Grunde alle seine Söhne gerne Weber hätte werden lassen[4]) Mit der grössten Bereitwilligkeit

---

[1]) Franz Martin Pelzel giebt in seinem Werke: „Abbildungen Böhmischer und Mährischer Gelehrten und Künstler, nebst kurzen Nachrichten von ihrem Leben und Werken", Prag, 1777, III, S. 146, an, dass die Eheleute Adam und Barbara Kupetzky aus Jungbunzlau eingewandert sind. Ebenso Gräffer und Czikann: „Oesterreichische National-Encyklopädie", Wien, 1835, III, S. 317. G. J. Dlabacz: „Allg. histor. Künstler-Lexikon" etc. Prag, 1815, II, S. 160

[2]) Zsilinszky, l. c. S. 6

[3]) Aus den Statuten der Bösinger Weber vom 14. Januar 1670 entnehmen wir die folgenden Begünstigungen: Punkt 5 sagt, dass ein jeder Lehrling 3 Jahre lernen muss, wogegen des Meisters Sohn nur 2 Jahre; Punkt 6· Nach der Auslernung muss man 2 Jahre in die Fremde ziehen, aber des Meisters Sohn nur 1 Jahr; wenn aber die Eltern krank würden oder sonst in andere Widerwärtigkeiten geriethen, soll des Meisters Sohn vom Wandern befreit sein; Punkt 7: Meister werden kann man erst, wenn man 1 Jahr bei einem Meister gearbeitet und nach Abschluss dieser Zeit vor den vier ältesten Meistern der Zunft eine Art Prüfung bestanden hat; des Meisters Sohn, sowie ein Geselle, der eines Meisters Tochter heiratet, ist von der betreffenden Taxzahlung (1 Gulden und 1 Pfund Wachs) befreit; etc.

[4]) Füessli nennt (S. 18) drei Brüder Johann Kupetzky's: Jurga (richtig Gyurka, der Kosename von György = Georg), Ferenz richtig Ferenc = Franz) und Martin, und eine Schwester Maria. Ob diese drei Brüder und die einzige Schwester älter oder jünger waren als der Künstler, ist aus den Quellenschriften nicht ersichtlich.

nahm er die ihm vorgelegten Zunftstatuten an, in welchen er sich verpflichten musste, dass er sammt den Mitgliedern seines Hauses ein religiöses Leben führen, an Sonn- und Feiertagen in der Kirche das Wort Gottes andächtig anhören, die Behörden achten, deren Verordnungen befolgen, sein Handwerk hingegen im Sinne der Zunftstatuten ehrlich ausüben werde.[1] Somit war Adam Kupetzky Bürger der Stadt Bösing geworden, und ein Jahr nach der Niederlassung daselbst, also im Jahre 1667, ist ihm sein Sohn Johann, unser Künstler, geboren, der in der Religion und den Sitten seines Vaters erzogen wurde.

Zsilinszky giebt an, dass seine ersten und besten Bekannten der dortige Pfarrer N. Baltazár und der Messner Vitus Klingler waren. Diesen erzählte er mit Vorliebe seine Leiden, Hoffnungen und Wünsche, mit freundlicher Intervention derselben knüpfte er auch mit den übrigen Bürgern der Stadt Bekanntschaft an.

Der Vater wollte, dass der neugeborne Sohn ein Weber werde, aber es kam anders; der Webercandidat stieg zu einem Ruhm empor, wo gekrönte Häupter ihn und seine Kunst zu besitzen strebten. Das Kind, mit einer empfänglichen Seele begnadet, entwickelte sich rasch; bald erlernte es das Lesen, Schreiben und Rechnen. Der Vater, dessen Handwerk sehr gut ging, konnte kaum erwarten, dass er sein der Schule entwachsenes zwölfjähriges Kind anhalte, beim Webstuhl zu arbeiten. Davon konnte gar keine Rede sein, dass sich der Knabe selbst ein Handwerk wähle, denn das Glück der Bösinger Weber wurde von Vielen beneidet. Adam Kupetzky wusste also die Zukunft seines Sohnes durch nichts besser gesichert, als dass er ihn zum Weber ausbildete, und zwar umsomehr, da die Zunftstatuten den Weberknaben grosse Begünstigungen sicherten. Sie konnten die Wanderjahre in einer kürzeren Zeit vollenden und konnten früher und günstiger heiraten als Andere.

Der Knabe konnte sich jedoch mit dem Gedanken durchaus nicht befreunden, dass er seine Zeit am Webstuhl zubringen solle, er hatte andere Wünsche. Es ist sehr fraglich, ob diese

---

[1] A bazini takácsok rendszabályai az 1635. és 1670. évekről. A nemz. muzeum közokiratai között. Okiratok. [Die Statuten der Weber zu Bösing von den Jahren 1635 und 1670. Unter den Handschriften des Nationalmuseums. Documente.] Diese Documente in Budapest haben wir soeben hier in Kürze mitgetheilt.)

Wünsche in seiner jungen Seele eine bestimmte, ausgesprochene Richtung gehabt haben, denn mit Ausnahme des väterlichen Hauses war ihm alles Andere so ziemlich fremd. Vielleicht wusste er nicht einmal, wie andere Leute ihr Brod verdienen. Möglich, dass die Farben und Verzierungen der Stoffe in seines Vaters Werkstatt sein Talent weckten, das aber bis jetzt noch nicht zum Durchbruch gelangen konnte; doch hat er zum Aerger seines Vaters diese Stoffe zu bekritteln oder mit der Laune des Lehrlings auf die Wände und auf die Planken Gestalten von menschlichen Formen zu zeichnen begonnen. Zsilinszky[1]) erzählt über Kupetzky folgende plausible Episode: Einmal kam ein Stück Papier in die Hände seines Vaters, worauf zwar mit primitiven, aber erkennbaren Zügen der Messner Klingler abgezeichnet war, der in seiner amtlichen Tracht mit dem auf einer Stange hängenden Klingelbeutel in der Kirche unter den Gläubigen die Gaben absammelt. Meister Adam musste unwillkürlich auflachen, als er erfuhr, dass dieses Bild sein Sohn Johann gezeichnet hat; bald wendete er sich jedoch mit ernstem Gesichte zu ihm, rügte ihn in väterlicher Weise, dass er mit solchen unnützen Dingen die Zeit vergeudet. Ganz anders dachte über ihn der in der Nachbarschaft wohnende Pfarrer, der, als er die komische Zeichnung besichtigte, die prophetische Bemerkung machte, dass Johann ein berühmter Maler werden könnte, wenn er bei einem Meister malen lernen würde.

Diese Bemerkung des Pfarrers musste einen eigenthümlichen Eindruck auf die bisher unbewusste und unerfahrene Seele des Knaben machen, dem der Begriff der Kunst umsomehr fremd sein musste, zumal er niemals Gelegenheit hatte, ein Kunstwerk zu sehen oder blos über einen Künstler sprechen zu hören. Den lebhaften Knaben drängte der Wissensdurst, der unbekannte mystische Begriff über eine Kunst gab ihm keine Ruhe, der Schleier, den er vor seiner Seele erst jetzt bemerkte, musste entfernt werden, damit der Blick klar werde.

Die Malerei! Was mag das wohl für ein Handwerk sein? Von Natur aus begabte Menschen trachten in das Geheimnissvolle des Lebens einzudringen, sie kennen keine Schwierigkeiten, die grössten Opfer werden hingegeben, wenn man auch das Be-

---

[1]) Zsilinszky, l. c. S. 8.

wusstsein empfindet, dass das Ziel ein noch unbekanntes ist.
Auch in des Jünglings Seele begann der Kampf, edle Regungen
machten sich geltend, er wollte wissen, was die Malerei eigentlich
sei, und ohne einen wichtigen Grund dafür zu wissen, empfand
er die Lust, Maler zu werden. Auch über die Art und
Weise des Lernens konnte er sich nicht befriedigen, wusste er
doch nicht einmal, wo und von wem man eigentlich malen lernen
könnte.

Diese Gedanken konnte der Jüngling nicht los werden, sie
beschäftigten ihn bei seiner Tagesarbeit, noch mehr aber in
seiner freien Zeit, und wer weiss, wie viele schlaflose Nächte
Johann Kupetzky darüber zubrachte. Ideen tauchten in ihm auf,
die in seiner jungen Seele tiefe Wurzel geschlagen haben mochten,
und bei diesen Aufregungen musste auf ihn noch der Umstand
deprimirend wirken, dass er sich nicht getraute, seine Gedanken
seinem Vater mitzutheilen. Offenbar wollte er seinen guten Vater
mit der Eröffnung nicht beleidigen, dass ihm das Weberhandwerk
nicht gefalle, dass er dasselbe nicht erlernen wolle. Der
Zustand war auch sehr schwierig für ihn, da er auf eine wohlwollende
väterliche Frage nicht einmal sagen hätte können,
welches Handwerk eigentlich seinen Neigungen entsprechen
würde.

Unbefriedigte Wünsche wirken auf das Gemüth deprimirend;
auch Johann Kupetzky's Gemüth musste leiden. Er selbst wurde
traurig, verschlossen, mit Unlust machte er seine täglichen Arbeiten
beim Webstuhl. Vorerst achtete man seiner gar nicht, als
aber dieser Zustand kein Ende nehmen wollte, betrachtete der
gestrenge Vater mit Ungeduld die Arbeit seines Sohnes, es
folgten vorerst ernstliche Ermahnungen, dann rügte er ihn sehr
streng, endlich schalt er den Sohn, von dem man gar keinen
Nutzen haben könne. Alles dies nützte vielleicht momentan, aber
mit der Zeit war das Verhältniss zwischen Vater und Sohn
immer gespannter geworden; auch die vermittelnde Liebe der
besorgten Mutter führte zu keinem günstigen Resultat, und
schliesslich brach in der Familie der Zwist aus. In der Familie,
die bisher ein friedliches, anmuthiges, patriarchalisches Leben
führte, wo ein wechselseitiges inniges Familienleben die Glieder
aneinander knüpfte, wo ein Jedes nach vollendeter strenger
Arbeit bisher Erholung suchte und fand, wo das Familienober-

haupt die täglichen Sorgen, wenn auch nur auf eine Spanne Zeit, zu verscheuchen suchte, in dieser Familie soll es nachher traurige Scenen gegeben haben, und es ist durchaus nicht unwahrscheinlich, dass der strenge und nunmehr erboste Vater seinen Sohn mit Schlägen zwingen wollte, bei der Weberarbeit auszuharren.

Weiter konnte dieser Zustand nicht erhalten bleiben. Johann Kupetzky war zu dieser Zeit fünfzehn Jahre alt, das stolze Selbstgefühl war in dem Knaben schon viel mehr entwickelt, als dass er eine solche Behandlung weiter hätte dulden können. Zu der Niedergeschlagenheit, Lustlosigkeit, Traurigkeit und Zurückgezogenheit gesellte sich nunmehr noch die Erbitterung. Fromm gegen Gott, ergeben und dankbar gegen seinen Vater, konnte die Leidenschaft der Rache unmöglich in ihm erwachen, geschweige denn Wurzel schlagen; und sollten auch derartige Gedanken in ihm aufgetaucht sein, so wird er sie gewiss zu bekämpfen gewusst haben. Nach dieser Demüthigung wünschte er mit seinem Vater — um einer zweiten unerquicklichen Scene vorzubeugen — keine Begegnung mehr und so war sein Entschluss festgestellt, dass er in Folge dieser Behandlung das väterliche Haus verlassen müsse. Sonst wäre auch die Flucht des jungen Kupetzky unerklärlich: die Kunst, so auch die Wege zur Kunst waren ihm gänzlich fremd, und diese konnte ihn kaum zu einer plötzlichen Flucht veranlassen.

Fünfzehn Jahre alt verliess er im Jahre 1682 das elterliche Haus ohne jeden Abschied.[1]

Die Familie, die wegen der peinlichen Scenen der letzten Zeit ohnehin die seit vielen Jahren genossene Ruhe und den Frieden verloren hat, verfiel in Trauer. Der Stolz, die Hoffnung des Vaters ist spurlos verschwunden, und das Jammern, Wehklagen und Weinen der Eltern sowie der Geschwister Georg, Franz, Martin und Maria konnte den Verlorenen nicht mehr

---

[1] Füessli, l. c. S. 18. — Füessli schliessen sich alle anderen Autoren, die über Kupetzky geschrieben haben, an und schenken ihm Glauben, denn er als Vertrauter des Kupetzky dürfte die Daten selbst vom Künstler erhalten haben, und deshalb verdient er auch Vertrauen — Dagegen setzt Zsilinszky, l. c. S. 9, mit einer Bestimmtheit die Zeit der Flucht für den 12. Mai 1681 an; diese Angabe ist aber unbedingt falsch, was sich zeigt, wenn man zum Geburtsjahr (1667) noch 15 Jahre addirt.

zurückzaubern. Füessli sagt uns nur (S. 18) mit kurzen Worten über den Künstler: „Seine Erziehung war nach dem Verhältniss seines Vaters nicht unglücklich, bis ihn sein Vater zwingen wollte, das Handwerk eines Webers zu erlernen, wovor ihm ekelte"; es ist aber zu bedauern — wie sich v. Ormós mit Recht beklagt[1]) — dass Füessli über die genannten Geschwister und besonders über die Mutter des Künstlers nichts Näheres angiebt. Die Erziehung obliegt der Mutter, und die Behandlung, die Erziehung, die man von der Mutter empfängt, ist immer oder sehr oft entscheidend für das ganze zukünftige Leben des betreffenden Menschen. Und bei Füessli ist noch der Umstand sonderbar, dass er zwar die Geschwister Kupetzky's beim Namen nennt, aber den Namen des Vaters und der Mutter ganz und gar verschweigt. Die Frage bezüglich der Eltern und was aus den Brüdern und der einzigen Schwester geworden ist, wird nicht beantwortet, obzwar Kupetzky später mehrere Jahre in Wien wohnte und somit — da Bösing nicht weit von Wien ist — über das Schicksal derselben gewiss informirt war. Gewiss wird Kupetzky, besonders während seines Aufenthaltes in Nürnberg, seinem Freund Johann Caspar Füessli so manche Reminiscenzen über seine Vaterstadt und seine dort gelassene Familie erzählt haben, aber Füessli schrieb blos eine kleine Arbeit von 48 Druckseiten (Quartform), und diese 48 Seiten enthalten nicht blos die Biographie des Johann Kupetzky, sondern auch die des Georg Philipp Rugendas, mit vier Illustrationen im Text und zwei Illustrationsbeilagen. Natürlich hat sich daher Füessli sehr knapp halten müssen.

---

[1]) Sigismund v. Ormós: Kupeczky János mint ember és müvész (Johann Kupetzky als Mensch und Künstler). Temesvár, 1888.

II.

(In der Fremde. — Der Religions- und Bürgerkrieg in Oberungarn. — Im Schloss des Grafen Czobor. — Die Familie Czobor. — Die Reise nach Wien. — Kupetzky's Lehrmeister in der Malerei. — Kupetzky's Studien. — Die Reise nach Italien.)

Johann Kupetzky machte sich auf die grosse, planlose Reise, auf eine Reise ohne Ziel, ohne bestimmte Absicht, von welcher er dann nach Jahren als gereifter Mann, als bekannter und gesuchter Maler zurückkehrte und mit Künstlerruhm bekleidet auftauchen sollte.

Die Sorge der Eltern und Geschwister bezüglich Kupetzky's betraf nicht allein den Unterhalt des Jünglings, sie zitterten auch für sein Leben, welches sie, nachdem sie auch später keine Nachricht mehr von ihm erhielten, gewiss schon aufgegeben hatten. Die bejahrten, besorgten Eltern des Jünglings verzehrten sich fast vor Gram, ihre letzten Lebensjahre waren verbittert, eine jede Hoffnung auf ein Wiedersehen war aufgegeben.

Und nicht ohne Grund, denn Oberungarn bot zu jener Zeit ein sehr trauriges Bild. Der Religions- und Bürgerkrieg des Grafen Emerich Tököly wüthete mit voller Kraft. Bald haben die deutschen, bald die türkischen Soldaten selbst Jene verfolgt und molestirt, zu deren Schutz sie eigentlich dienen sollten. Ordnung und Gesetz waren über den Haufen geworfen; die Sicherheit des Besitzes und des Lebens war auf der jämmerlichsten Stufe angelangt, so dass eine Reise immerhin mit den grössten Gefahren verbunden war.

Während Kaiser Leopold am Reichstage durch seine zum Gesetz gewordenen Rescripte die Rechte und die freie Religionsübung der Evangelisten fast gänzlich vernichtete und die

Constitution, die wieder in Wirksamkeit treten sollte, in möglichst autokratischem Sinne umzugestalten strebte, liess er im November 1681 durch Philipp Saponara, Commandanten in Patak, Tököly Friedensanträge machen. Der Kaiser wolle, das war der Inhalt derselben, die Wünsche der Ungarn überhaupt und der Evangelischen insbesondere erfüllen und die Gerechtsame und Freiheiten beider gewährleisten; daher hoffe er, der Graf werde, der königlichen Autorität huldigend, zur Treue zurückkehren, dasselbe zu thun auch die anderen Missvergnügten vermögen und zur Erneuerung des Friedens mit der Pforte behilflich sein, wogegen Se. Majestät die confiscirten Güter zurückgeben und eine Vermählung mit der Witwe Rákóczy's gestatten werde.[1]) Tököly war durch die verheissene Gewährung seines innigsten Wunsches gewonnen, er erklärte, dass er bereit sei, sich dem Kaiser zu unterwerfen, wenn die Constitution Ungarns wieder hergestellt und die evangelische Kirche in ihre Rechte abermals eingesetzt würde; wenn er, die Exulanten und alle seine Anhänger ihre Güter zurückerhalten, wenn Leopold ihm die von Georg Rákóczy besessenen Gespanschaften mit dem Titel „Herr einiger Theile Ungarns" überlässt; er erwarte die Antwort in sechs Wochen. Gleichzeitig machte er dem Kaiser bekannt, dass sein Verhältniss zur Pforte derart sei, dass er dasselbe nicht schlechthin abbrechen könne, bevor er wisse, ob der Kaiser seine Bedingungen genehmigen werde. Anfang December 1681 wurde vorläufig Waffenstillstand geschlossen.

Da aber die Antwort auf seine Friedensbedingungen lange ausblieb und er bemerkte, dass Leopold seine Streitmacht vermehrte und alle Mittel angewendet wurden, ihm seine Anhänger zu entziehen, entschloss er sich, im Aufstande zu beharren und mit den Waffen zu erzwingen, was man seinem Volke, seinen Glaubensgenossen und ihm selbst friedlich nicht zugestehen wolle, und schickte noch zu Ende des Jahres Gesandte nach Constantinopel, wo sie die Absendung eines Hilfsheeres beschleunigen sollten.

Die Deputation erhielt am 9. Januar 1682[2]) Audienz und bündige Zusage für Tököly und die Missvergnügten. Diese Zu-

---

[1]) Ignaz Aurelius Fessler: Geschichte von Ungarn. Zweite vermehrte und verbesserte Auflage, bearbeitet von Ernst Klein. Leipzig, 1877. IV, S. 388.
[2]) Fessler und Klein, l. c. S. 389.

sage beunruhigte in Wien, und im April erhielt Tököly die Antwort auf seine Forderungen, die aber unbestimmt und zweideutig lautete und zu neuen, aber erfolglosen Unterhandlungen Veranlassung gab. Am 28. April ging er nach Ofen, schloss mit Ibrahim Pascha einen Vertrag ab und entwarf für den bevorstehenden Krieg den Plan; einige Tage später wurde der Vertrag unterfertigt.

Tököly kehrte am 18. Mai von Ofen nach Kapos zurück, und darauf versammelten sich die Häupter seiner Partei in Munkács, wo sie beschlossen, einen Aufruf zum Aufstande an die Gespanschaften ergehen zu lassen, die Widerstrebenden mit Gewalt zur Theilnahme zu zwingen. Am 15. Juni feierte Tököly seine Vermählung mit Helene Zrinyi, wodurch er in den Besitz der Festung Munkács und der Reichthümer des Hauses Rákóczy gelangte; nebstbei von Anhängern desselben unterstützt, war er nun im Stande, den Krieg nachdrücklichst fortzusetzen. Seine Gemahlin theilte seine Ansichten, wozu sie ebenso durch die Hinrichtung ihres Vaters, Peter Zrinyi und ihres Oheims Frangepan, wie durch die Liebe zu ihrem Gatten und dessen Einfluss auf sie, getrieben wurde.

Am 24. Juni kündigte Tököly den Waffenstillstand. In der Nacht vom 19. auf den 20. Juli wurde die seit 1670 erbaute Citadelle in Kaschau überrumpelt und genommen;[1] die Stürme auf die Stadt wurden von dem Commandanten Lamb zurückgeschlagen. Tököly rief Ibrahim zu Hilfe, dieser kam sofort von Ofen, auf dem Marsch erstürmte er Onod, äscherte es ein und am 14. August war die Stadt Kaschau, die Hauptstadt Oberungarns, in Tököly's Besitz. Bald folgten die Städte Eperies, Leutschau, Szadvár, Tokaj und Schloss Regécz (von Koháry vertheidigt).

Vergebens schrieb der Palatin Eszterházy am 30. Juni 1683 an den Kaiser:[2] „Die Gespanschaften Pressburg, Trencsin und einen Theil von Neutra ausgenommen, ist das ganze Oberland in Tököly's Gewalt etc.". Der Kaiser war gewiss sehr schlecht berathschlagt.

---

[1] Fessler und Klein, l. c. S. 392.
[2] Fessler und Klein, l. c. S. 400.

Um Mitte Juni 1683[1], brach Tököly, dem die Paschas von Grosswardein und Erlau 12.000 Türken zuführten, mit beiläufig 30.000 Mann aus dem Lager bei Putnok gegen Pressburg auf; nirgends fand er Widerstand und die Gespanschaften und Städte dies- und jenseits der Donau haben sich ihm unterworfen. Am 1. Juli entboten ihm die Stände der Pressburger Gespanschaft in der Versammlung zu Bösing ihre Huldigung, am 19. leistete ihm die Stadt Tyrnau den Eid der Treue, am 26. öffnete ihm Pressburg die Thore. Das Schloss wurde von der Besatzung vertheidigt, und schon am 29. Juli stand Herzog Karl von Lothringen plötzlich vor Pressburg, nahm die Stadt, in welcher sich nicht mehr als 50 bis 60 Tököly'sche Soldaten befanden, wieder in Gehorsam des Königs, verdrängte Tököly aus den umliegenden Weingärten und nöthigte ihn, sich auf Szered und Schintau zurückzuziehen. Nach dem Abzuge des Herzogs rückte Tököly wieder bis Tyrnau vor.

Die Armee lagerte draussen, die Thore waren geschlossen, um die Stadt vor Plünderungen zu bewahren, als der Fürst am 8. August sich aus derselben entfernte:[2] da zündeten die Türken eine Scheuer an, das Feuer verbreitete sich, und in kurzer Zeit stand ganz Tyrnau in Flammen. Die verrammelten Thore versperrten den Ausweg zur Flucht, so dass bei 4000 Menschen umkamen, bis Kuruczen und Türken die Thore sprengten und in die Stadt eindrangen, um zu löschen und zu rauben.

Wir mussten diese historischen Thatsachen hier aufzählen, da sie in die Zeit der Flucht des jungen Kupetzky fallen. Wie aus denselben zu entnehmen ist, quälten schreckliche Tage die Gemüther der Einwohner von ganz Oberungarn, von Kaschau bis nach Pressburg und der ungarischen Grenze. Raub, Mord und Plünderung waren an der Tagesordnung, und die Brandkatastrophe von Tyrnau, wo also bei 4000 Menschen um das Leben kamen, wird gewiss nicht vereinzelt stehen, und die Stadt Bösing, woher die Stände der Pressburger Gespanschaft aus ihrer Versammlung ihre Huldigung an Tököly sandten, wird um diese Zeit, wo bald Tököly mit seinem Heere, bald die kaiserlich deutschen Truppen die Herren der Situation waren,

---

[1] Also bald nach Kupetzky's Flucht.
[2] Fessler und Klein, l. c. 'S. 402.

gewiss nicht verschont geblieben sein; denn Pressburg, Bösing und Tyrnau sind nachbarliche Städte und die gefochtenen Kämpfe haben sich auf die ganze Gegend erstreckt.

Nun wird die doppelte Angst und Sorge der Eltern und Geschwister des Johann Kupetzky um den Lebensunterhalt und das Leben desselben gewiss begründet sein, zumal in einer so unsicheren und gefahrvollen Zeit. Und gewiss haben die greisen Eltern in dem Glauben ihre Augen geschlossen – da es ihnen nicht vergönnt war, von ihrem Sohn, sei es direct oder indirect, je eine Nachricht zu erhalten — er sei verunglückt. Sie hielten den Sohn für todt.

Auf der Wanderschaft in die Fremde musste sich der vollständig mittellose Knabe durchbetteln; sein Vermögen bestand aus einem Federmesser, mit dessen Hilfe er Holzkreuze und ähnliche kleinere religiöse Gegenstände schnitzte, für die er bei dem frommen und gläubigen Landvolk einige Groschen und Nachtquartier bekam. So schlug er sich eine Zeitlang durch, bis ihn die Vorsehung in das Schloss des Grafen Czobor führte. Kupetzky hatte im Schloss gewiss keine andere Absicht gehabt, als ein Almosen oder Nachtlager zu erbitten. Zu dieser Zeit war jedoch der Maler Klaus[1]) aus Luzern anwesend, der im Auftrage des Grafen in den Zimmern mit Ausbesserungen beschäftigt war; wie musste aber die Seele des jugendlichen Wanderers aufthauen, als er hier die schönen Malereien erblickte! Seine Bewunderung war gross, denn er sah das Unbekannte vor sich, wonach er unbewusst strebte; rasch entschlossen ergriff er eine Kohle, mit der er — von dem natürlichen Trieb gedrängt — so gut es eben ging, an der Mauer die Zierrathen des Malers Klaus nachbildete, so dass der Graf und der Maler die Arbeit des Fremden mit Interesse und Staunen besichtigten. Auf die Frage des Grafen, wer eigentlich sein Lehrmeister sei, antwortete Kupetzky mit den kurzen Worten: „Ich selbst bin es!" — Der Graf v. Czobor interessirte sich nunmehr für den Jüngling, und dieses Interesse begründete seine Künstlerlaufbahn, seine Zukunft, sein Glück, denn der kunstsinnige Schlossherr behielt ihn unter der Aufsicht des Malers Klaus aus Luzern bei sich.

---

[1]) Fuessli, l. c. S. 19, nennt ihn Claus.

Dem Grafen v. Czobor ist es also in erster Linie zu verdanken, dass Kupetzky's angeborenes Talent nicht verkümmern musste, und da Sigismund v. Ormós über das Schloss und seine Herren interessante Mittheilungen macht,[1]) so wollen wir dieselben hier wiedergeben.

Die Abstammung der gräflichen Familie Czobor kann man weiter als bis in die Mitte des 14. Jahrhunderts nicht ausweisen, denn die Abstammung über diese Zeit verliert sich im historischen Dunkel des Bodroger Comitates. Die gräfliche Familie Czobor v. Szent-Mihály (so lautet das Prädicat) spielte eine historische Rolle, besass ein riesiges Vermögen, und der letzte Sprosse, Joseph, Enkel des Generals Adam II., hat das grosse Vermögen vergeudet, und als er im Jahre 1771 ohne Nachkommen starb, erlosch mit ihm die Familie. Jener Graf Czobor, in dessen Schloss der herumirrende Knabe Unterkunft gefunden hatte, war entschieden Adam II., da zu jener Zeit, als der 15jährige Knabe in das Schloss kam, also im Jahre 1682, in der Familie Czobor von männlicher Linie nur er allein am Leben war. Das Schloss war Holics, das im Neutraer Comitat, am nordwestlichen Ende dieses Comitats, an der mährischen Grenze, Eigenthum der gräflichen Familie Czobor war. Das Schloss liegt von Bösing in einer Entfernung von zehn Stunden, und somit war es zu der Geburtsstadt Kupetzky's nahe und auf seiner Wanderung leicht erreichbar; man muss aber bedenken, dass der junge unerfahrene Kupetzky, der vielleicht niemals das väterliche Haus verlassen hat, in diesen unsicheren Tagen längere Zeit herumirren, sich in verschiedenen Ortschaften aufhalten und übernachten musste, bis ihn die Vorsehung in das Schloss geleitete.

Dieser Graf Adam Czobor war ein tüchtiger Soldat, ein Schüler des bekannten Grafen Nikolaus Zrinyi; er kämpfte gegen die Franzosen und Türken und wurde General. In Folge seiner Vaterlandsliebe wandte er sich von König Leopold ab, schloss sich den Getreuen des Tököly an, sobald dieser sich Ungarns bemächtigte; im Jahre 1684 leistete er jedoch in Pressburg vor den Bevollmächtigten des Königs, dem Prinzen Karl von Lothringen und dem Grafen Christoph v. Abele, wieder

---

[1]) v. Ormós, l. c. S. 77.

den Eid der Treue für den König. Er betheiligte sich an dem Siege, den Karl von Lothringen über das unter Commando Ibrahim's gestandene türkische Heer bei Komorn erfochten und starb 1692.[1]

Das letzte Mitglied der Familie, Graf Joseph v. Czobor, hat durch seine Verschwendung sich selbst und die einst sehr berühmte Familie zugrunde gerichtet. Seine schönen Besitzungen hat er durch seine Prunksucht verschwendet und in seinen alten Tagen ist er erschöpft und arm gestorben. Im Luxus fand er sein Vergnügen, und einmal wettete er mit dem Marchese Tarouca um 1000 Ducaten, wer von ihnen in einem theuereren und dennoch einfachen Gewand bei Hofe erscheinen wird. Joseph v. Czobor gewann die Wette, denn das Futter seiner Mente [2] bestand aus einem auf Leinwand gemalten, berühmten alten Originalgemälde, das er um den Preis einer seiner Herrschaften gekauft hat. Ausser seinem Hause in Wien führte er zu gleicher Zeit auch in Venedig und Paris Haushalt, stattete selbe glänzend aus und hielt eine grosse Dienerschaft, damit er — wenn er abwesend war — im Falle seiner Ankunft in seiner Lebensweise und Bequemlichkeit nicht gestört werde. Seine sinnlosen Verschwendungen erschöpften schliesslich sein Vermögen, den Rest seines Lebens brachte er in Pest zu, wo er von einer kleinen Pension lebte, die er von der Kaiserin und Königin Maria Theresia bekam. Seine Herrschaften zu Holics und Sassin sind in den Besitz des Erzherzogs Franz von Lothringen, Statthalters von Ungarn und nachmaligem römischen Kaiser, übergegangen, der dieselben angekauft hat und von dem sie in den Besitz des Allerhöchsten Herrscherhauses übergegangen sind.

Das war das Ende der sehr berühmten gräflichen Familie v. Czobor. Ein Mitglied derselben, Adam, entdeckte das Talent Kupetzky's, und dessen Enkel Joseph machte der Familie und deren Vermögen ein Ende.[3]

---

[1] Diese Daten sind in der Leichenrede des Blasius Jaklin enthalten, die er über den Grafen Adam v. Czobor im genannten Jahre in Wien gehalten hat.

[2] Ein ungarischer Umhängepelz.

[3] Diese Daten über die gräflich Czobor'sche Familie sind dem Werke des Ivan Nagy: Magyarország családai (Die Familien Ungarns), Pest 1858, III. Band, entnommen.

Die offene Antwort und das freie Benehmen des Knaben hatte dem kunstsinnigen Grafen imponirt und er sorgte auch für dessen weitere Ausbildung; denn sobald der Maler Klaus mit seinen Arbeiten im Schloss Holics zu Ende war und von dort abreisen wollte, zahlte der grossmüthige Graf dem Maler 100 Thaler mit der Bestimmung, dass er den Knaben auch künftighin unterweisen soll.[1])

In Folge dessen nahm Klaus Kupetzky 1684 mit sich nach Wien.[2])

Ob Kupetzky an Klaus einen tüchtigen, guten Meister gefunden, ist mehr als fraglich; denn der Umstand, dass sich die Lexika und Quellenschriften mit Klaus gar nicht oder blos in einigen Worten beschäftigen, mag als Beweis gelten, dass Klaus als Maler so ziemlich unbedeutend war. Während unserer Forschung haben wir blos zwei Stellen über ihn gefunden. Im „Allgemeinen Künstler-Lexikon"[3]), erstes Supplement, wird über Karl Christian Reisen berichtet, dass er Edelsteinschneider zu London war, lernte bei seinem Vater (einem Dänen), der in Holland bei König Wilhelm III. in Diensten stand und mit ihm nach England überging. Der Sohn übertraf seinen Vater in der Kunst und verdient unter die besten Meister gezählt zu werden; gleichwohl vermisst man in seinen Werken eine gewisse Zärtlichkeit in der Ausarbeitung, welche von einer allzu eifrigen Manier herrührt. Seine Schüler waren: Smart, der sich 1722 zu Paris aufhielt und mit einer so erstaunlichen Fertigkeit arbeitete, dass er öfters in einem Tage etliche Köpfe schnitt; dann Seaton, ein Schottländer, und Klaus, der 1739 starb.

Nagler[4]) nennt uns schon den Taufnamen und sagt über ihn: Klaus Benedict, ein Maler aus Luzern in der Schweiz, der aber seine Kunst in Wien übte. Er war der Lehrer des bekannten Kupetzky und starb zu Wien 1707 im 74. Jahre.[5])

---

[1]) Fuessli, l. c. S. 19.
[2]) Eduard R. v. Engerth: Kunsthistorische Sammlungen des Allerhöchsten Kaiserhauses. Wien, 1886. III. Band, S. 153.
[3]) Bei Fuesslin. Zürich, 1767. S. 230.
[4]) Dr. G. K. Nagler: Neues Allgemeines Künstlerlexikon. II, S. 561.
[5]) Diese letztere Angabe bezüglich des Todesjahres des Malers Klaus dürfte wohl die richtige sein. Wir werden Gelegenheit haben zu beweisen, dass

Aber bezüglich Klaus' Lehrer giebt uns Nagler[1]) andere Anhaltspunkte. Er giebt zwar zu, dass Reisen seinen Vater in der Kunst schon in seinem 20. Jahre übertraf, er gehört aber doch nicht zu den vorzüglichsten seines Faches. Er copirte mit grosser Genauigkeit einige antike Gemmen im Cabinete des Grafen v. Oxford und lieferte auch Bildnisse nach dem Leben. Mehrere seiner Werke kamen nach Dänemark, Deutschland und Frankreich; er bildete auch Schüler und starb 1725 im 46. Jahre.

Jedenfalls ersehen wir aus diesen Beschreibungen, dass Klaus sich nicht an der richtigen Stelle zum Maler ausbildete, und wenn Smart täglich einige Köpfe schnitt, so musste er dies gewiss von seinem Lehrer erlernt haben. Auch Klaus war jedenfalls blos ein Dutzendmaler, dem es nicht so sehr um die Qualität, sondern vielmehr um die Quantität zu thun war. Als Künstler hinterlässt Klaus gar keine Spuren, und wo er erwähnt wird, geschieht dies von ihm als dem Lehrer des bekannten Kupetzky.

Damit wollen wir jedoch das Verdienst Klaus' um Kupetzky keineswegs bezweifeln, denn es ist durchaus nicht erwiesen, dass nur bedeutende, gute Künstler gute Lehrer sein können. Trotz der Unbedeutendheit als Künstler mag Klaus ein vielleicht guter Lehrer gewesen sein, der in der Unterweisung seiner Schüler in die Einführung in die Kunst ein grösserer Künstler war, wie mit Pinsel und Farbe.

In Wien eröffnete sich vor Kupetzky eine neue Welt und damit beginnt für ihn ein neues Leben; er schuf sich selbst seine idealen Bilder, er befand sich in einem anderen Kreise wie in Bösing, und den Pfad zu den ersten Schritten ebnete ihm sein Lehrmeister Klaus, der den Jüngling bei seinen Arbeiten verwendete. Kupetzky arbeitete fleissig, aber die Kunst seines Lehrmeisters schien ihm dennoch in geringem Masse angezogen zu haben, denn er wendete sich an die Werke des Malers Johann Karl Loth (1632 bis 1698), dessen Gemälde ihm mehr zugesprochen haben, und in seinen freien Stunden copirte er die Bilder desselben recht fleissig.

Kupetzky im Jahre 1709 aus Italien nach Wien zurückkehrte und er bei seiner Ankunft seinen Lehrmeister nicht mehr am Leben fand.

[1]) Nagler, l. c. XII, S. 409.

Karl Loth (auch Carlo Lotti) ist 1632 in München geboren, war daher um 35 Jahre älter als Kupetzky. Er erlernte die Anfangsgründe der Kunst von seinem Vater Ulrich,[1]) ging dann nach Italien, wo er gewöhnlich Carlotto genannt wurde. Die Annahme, er sei — wie Manche glauben — Caravaggio's Schüler gewesen, ist eine irrige, da Caravaggio schon 1609 starb. Loth bildete sich jedoch nach Caravaggio und hat aus den Gemälden dieses Meisters das Volle, Tüchtige, Breite und Wahre ohne Veredlung; es ist auch nicht wahrscheinlich, dass Loth ein Schüler des Pietro Liberi gewesen wäre, denn das Heitere und Ideale jener Schule trug er nicht auf seine Werke über. Er erlangte, nach Lanzi, vielleicht nichts als fertige Pinselführung und eine gewisse Grossheit, welche ihn doch von den Naturalisten unterschied. Indessen genoss Carlotto grossen Ruhm, man zählte ihn unter die vier ersten Maler seiner Zeit, welche ausser ihm Carlo Maratta (1625 bis 1713), Pietro da Berettini Cortona (1596 bis 1669) und Luca Giordano (1632 bis 1705) waren, der wegen seiner Schnellmalerei Fa presto genannt wurde.

Allein damals war die Malerei bereits in Verfall, die Künstler suchten durch Handfertigkeit zu imponiren, die Sinne zu ergötzen; um Gehalt und höhere Bedeutung war es weniger zu thun.

Loth's Colorit geht oft ins Finstere, und das Licht ist bei ihm nicht so concentrirt wie bei Caravaggio. Loth's Verdienste sind, dass er correct zeichnete, nicht selten kräftig colorirte und oft auch die Affecte gut auszudrücken wusste. Carlotto blieb lange in Italien, und 1698 wurde er in Venedig begraben. Auf dem Grabstein liest man: J. C. Loth, suorum temporum Apelles etc. umbram mortis depingere coepit 1698. Gemälde dieses Künstlers sind sowohl in Italien wie in Deutschland zu finden.

Ormós irrt sich insofern, indem er behauptet, dass, als Karl Loth in Venedig 1698 starb, Kupetzky 21 Jahre alt war.[2]) Das ist nicht möglich; denn Kupetzky ist 1667 geboren, und somit musste er, als Loth starb, 31 Jahre alt gewesen sein. Zweifellos

---

[1]) Nagler, l. c. VIII, 77.
[2]) v. Ormós, l. c. S. 82.

hat Ormós recht, wenn er sagt, dass der Jüngling während seines
Aufenthaltes in Wien, von einer Begeisterung und seinem Künstlerberuf durchdrungen, für einen Künstler wie Loth schwärmte,
den seine Zeitgenossen unter den vier Ersten nennen.

Wenn v. Engerth's Angabe, dass Kupetzky 1684 nach
Wien kam, richtig ist, so muss er sich im Schlosse zu Holics
zwei Jahre (1682 bis 1684) aufgehalten haben. Beim Maler
Klaus in Wien hielt er sich — wie sein Freund Füessli
berichtet[1]) — drei Jahre auf, und als er nach diesem dreijährigen Aufenthalte in Wien im Jahre 1687 nach Italien wanderte, so lebte Loth noch weitere elf Jahre. Da aber Füessli
(S. 19) berichtet, dass Kupetzky nach den drei Jahren von
seinem Meister (natürlich von Klaus in Wien) mit drei Nachahmungen Loth's, deren Sujet er nicht bezeichnet, nach Venedig
ging, so glauben wir, dass Kupetzky die Absicht hatte, Loth in
Italien aufzusuchen, ihm seine Arbeiten zu zeigen und durch die
Intervention des damals sehr angesehenen und in Folge dessen
einflussreichen Meisters seine künstlerische Ausbildung von oder
durch den Meister des Originalbildes zu erhalten. Gewiss hoffte
er durch diese Copien den Meister zu befriedigen und glaubte
dann für sich einen warmen Förderer gefunden zu haben.

Kupetzky's künstlerisches Talent war aber bei Antritt der
Reise nach Italien durchaus nicht ausgebildet, wenigstens nicht
so sehr als sein Verständniss; Klaus scheint doch nicht der
Meister gewesen zu sein, der aus Jemanden einen Künstler
hätte machen können. Kupetzky's Verständniss für die Kunst
beweist nur, dass Klaus im Stande war, seines Jüngers Ansichten zu läutern.

Füessli sagt ja selbst (S. 19): „Ausser dem, dass er
noch nicht vest (fest) genug war, verstand er kein
Italienisch und war sehr arm." Dies sind gewiss drei
Dinge, die bei einer Studienreise nach Italien sehr bedrückend
auf das Gemüth wirken müssen, und man muss den zwanzigjährigen Jüngling bei einem Entschluss wirklich bewundern und
über die Zähigkeit staunen, mit der er seine künstlerischen Studien
fortzusetzen trachtete. Ein begeisterter Jüngling wie er war,
stürzte er sich blind in die Fremde, durchzog die lange Strecke

---

[1]) Füessli, l. c. S. 19.

von Wien nach Venedig, gewiss wieder bettelnd wie damals, als er das Elternhaus ohne Abschied verlassen und sich nach Schloss Holics begeben hatte. Gerade wie damals, war er auch diesmal arm, und wenn sich ihm jetzt noch der Mangel an Kenntniss der italienischen Sprache entgegenstellte, so hat er auf dem Gebiete der Kunst doch schon den ersten Schritt gemacht; eine gewaltige Begeisterung bemächtigte sich seiner, die ihn antrieb, in die Fremde zu gehen und den Kampf durchzumachen.

III.

(Kupetzky in Venedig. — Begegnung mit dem Cavaliere Pietro Libri. — Bittere Täuschung und die Reise nach Rom. — Ankunft in Rom und die Bekanntschaft mit Füessli. — Kupetzky's Lehrjahre. — Bilder für den Arzt der deutschen Gesandtschaft. — Im Dienste des Prinzen Alexander Sobiesky. — Kupetzky's Studienreise nach Oberitalien. — Von Venedig nach Wien.)

Als Johann Kupetzky in Italien ankam, hielt er sich zuerst in Venedig auf. Füessli berichtet:[1] „Ein Empfehlungsbrief brachte ihn zu dem Ritter Libri, der ihn aber zu schwach fand ihn anzubringen." Wer ihm dieses Empfehlungsschreiben nach Venedig mitgegeben, giebt er nicht an. Natürlich waren die künstlerischen Mittel des jungen Mannes nicht genug ausgebildet, als dass man ihn in Italien mit offenen Armen empfangen hätte, wie es Kupetzky sich in seiner Begeisterung und seinen Illusionen vielleicht dachte. Wir glauben, dass Kupetzky, wie schon erwähnt, auch Karl Loth aufgesucht hat, um mit den Copien nach des Meisters Werken diesen für sich zu interessiren; da aber weder in Füessli noch in anderen Werken über eine Begegnung Kupetzky's mit Loth Erwähnung geschieht, so muss angenommen werden, dass Loth mit des Jünglings Arbeit nicht zufrieden war und vielleicht auch nicht das Talent in ihm erkannte, das sich später so mächtig entwickelte, und seine Verwendung für ihn — als zwecklos — einfach versagte.

Möglich, dass diese bittere Erfahrung die Ursache war, dass Kupetzky über diese Angelegenheit seinem Freund Füessli gegenüber verschwiegen blieb, oder aber, dass Füessli die Begegnung und deren Resultat nicht für wichtig genug fand, um sie in seinem ohnehin knappen Werke zu erwähnen.

---

[1] Füessli, l. c. S. 19.

Der Ritter Libri in der Lagunenstadt war der Cavaliero
Pietro Liberi, der im Jahre 1605 in Padua geboren, sich zum
Künstler heranbildete und von seinen Kunstreisen in Deutschland als Graf, Ritter und sehr reich zurückkam.[1]) Er selbst
stand ebenso als Maler wie auch als Kunstkenner, besonders
nach dem Tode des Padovanino, in hohem Ansehen und huldigte mit Geschick der Laune des Publicums; so wird von ihm
erzählt, dass er zwei Pinsel hatte: mit dem einen malte er für
die Kunstverständigen, mit dem anderen für die Laien, und so
befriedigte er beide Theile. Es ist selbstverständlich, dass unter
solchen Umständen auch seine Kritik eine launenhafte war.

Kupetzky stellte sich dem nunmehr 82jährigen Libri vor
und zeigte ihm seine Arbeiten; er betrachtete diese und weil
vielleicht auch das unbedeutende Aeussere des Jünglings keine
besondere Geschicklichkeit verrathen konnte, wies er ihn kalt
zurück. Ein unbekannter Autor[2]) bemerkt: „Auch der von Klaus
an den Chevalier Libri gerichtete Empfehlungsbrief wurde der
Gewohnheit gemäss mit der grössten Kaltblütigkeit zwischen die
herumliegenden staubigen Papiere gelegt." Libri selbst hat ihm
keine Arbeit gegeben und hat ihn auch nicht an seine Kunstcollegen empfohlen. Kupetzky musste unter solchen Umständen
einsehen, dass für seine künstlerische Zukunft hier keine Hoffnung zu schöpfen ist.

Nach so vielen Erfolglosigkeiten wäre vielleicht ein Anderer
zurückgeschreckt von der Masse der unabsehbaren Hindernisse
und nach dem erlittenen Elend. Und wäre Kupetzky umgekehrt
und in das väterliche Haus zurückgegangen, so hätte man ihn
dort gewiss mit offenen Armen empfangen, wo bei dem bürgerlichen Wohlstand auch die letzte Magd nicht zu hungern
brauchte.

Ohne jedoch auch nur die geringste Unterstützung von
diesem steinreichen Libri erhalten zu haben, durchdrungen und
angetrieben von einem bedeutenden Wissensdurst, entschloss er
sich, den Kampf weiter zu führen; ein Ideal beseelte ihn, er
strebte mit unerschütterlichem Vertrauen sein Ziel zu erreichen;

---

[1]) v. Ormós, l. c. S. 83.
[2]) In der von Michael Vörösmarty redigirten Tudományos Gyüjtemény (Wissenschaftliche Sammlung). Pest, 1828. IV, S. 22.

gerne duldete er die Qualen der Gegenwart um eine glänzende Zukunft, die ihn belebte, aufmunterte und die zu erreichen er schliesslich gar keine Garantie oder Hoffnung hatte.

Wunderdinge hörte er über die ewige Stadt, Rom, erzählen. Mit gewaltiger Kraft zog es ihn dahin, und wieder nahm er seinen Wanderstab in die Hand und machte sich, verlassen, ohne jede Unterstützung, zu Fuss auf die grosse Reise, während welcher er auch andere Städte Italiens besichtigte, bis er endlich in Rom, in der Stadt der berühmtesten Maler der Welt, ankam.

Im Anfang hat Kupetzky die möglichst ungünstigsten Tage in Rom verlebt, wohin er müde, hungrig, in stark abgenützten Kleidern und ohne jede Empfehlung ankam. Ohne Bekannte und Freunde irrte er Tage hindurch in den Strassen umher, mit Aengsten kehrte er manchmal in ein Haus ein, wo er einen Maler wohnen, für sich aber einen Platz zu finden vermuthete. Vergebens zeigte er seine Arbeiten, vergebens wollte er seine Copien verkaufen, es fand sich kein Mensch, der auch nur aus Mitleid dem armen Jüngling Beschäftigung gegeben hätte. Jene leidenschaftsvollen, bitteren Tage, welche er nach seiner Flucht durchmachen musste, sind wieder zurückgekehrt. Von Hunger getrieben kehrte er einmal in eine Garküche (Bettola) ein, und da er kein Geld hatte, hoffte er Jemanden dort zu treffen, der ihn aus Mitleid bewirthen, und somit seinen Hunger stillen werde. In seiner Hoffnung täuschte er sich nicht. Schlicht und bescheiden nahm er in einer Ecke der Garküche neben einem Mann Platz, der sich ein Mittagessen bestellte. Das betrübte Wesen, das hungerige Aussehen und die traurige Stimmung des Jünglings erweckte die Aufmerksamkeit des Fremden.

Dieser Mann war Mathias Füessli aus Zürich (geb. 1638), Mitglied jener bekannter Schweizer Künstlerfamilie, aus der auch der spätere Freund und Biograph des Johann Kupetzky: Johann Caspar Füessli, entstammt, der der Sohn des Mathias Füessli war.

Mathias Füessli hatte wirklich Mitleid mit dem deprimirten Jüngling, und als er um den Grund seines tiefen Kummers fragte, eröffnete ihm Kupetzky die gewaltige Bewegursache dazu. Jener hiess ihn darauf mitessen und entschloss sich, den Jüngling bei einem Maler unterzubringen; er brachte ihn zu einem Maler, der Gesellen hielt, wo sie jedoch abgewiesen wurden. Die Vereitelung seiner ersten Unternehmung machte die freundschaftlichen Gefühle Füessli's nicht wankend und er suchte und fand auch einen anderen Meister, der Kupetzky froh aufnahm. Der Name dieses Meisters blieb unbekannt, da ihn selbst Füessli nicht erwähnt; nur so viel ist über ihn bekannt, dass er der Schwäche jener Zeit huldigte, denn er verlangte keine sorgfältige, sondern und vielmehr eine rasch vollendete Arbeit von dem Lehrling, und da man Kupetzky für ein Bildniss einen halben Thaler bezahlte, brachte er es so weit, dass er einst neun Papstköpfe in einem Tage malte, die sich — wie Füessli sagt[1]) — sehr wohl sehen liessen.

Viele gute Maler wetteiferten zu jener Zeit in der Schnellmalerei, und die Folge davon war, dass ebensoviele Talente zugrunde gegangen sind. Unter den namhafteren ist Luca Giordano (1632 bis 1705) zu nennen, dem seine Zeitgenossen wegen seiner Schnellmalerei den Beinamen Fa presto gaben. Dieser Künstler, ein Schüler des Jusepe Ribera (1588 bis 1656), von den Italienern Spagnoletto genannt, arbeitete in Bologna, Parma und Florenz, wurde 1692 vom König Karl II. nach Spanien berufen und malte im Escorial, in Madrid und Toledo.

Auch er besass ein bedeutendes künstlerisches Talent, Schönheitssinn und grosse Gestaltungskraft, trieb aber mit seinem Talent einen unverzeihlichen Missbrauch, da es ihm nur auf das leichte und schnelle Fertigmalen ankam. Ein Anderer war Sebastian Bourdon (1616 bis 1671), der, sobald er vom Militär befreit war, von Paris nach der Ewigen Stadt zurückkam, wo er für einen Kunsthändler Copien nach alten Meisterwerken machte und es im Schnellmalen so weit brachte, dass er einmal in einer Wette das Porträt des Papstes zwölfmal in Einem Tage malte und die Wette somit gewann. Später flüchtete Bourdon vor der Inquisition zurück nach Paris.

Die oberflächliche rasche Arbeit beschleunigte natürlicherweise den gänzlichen Verfall in der Kunst, aber auf Kupetzky wirkte sie insofern wohlthuend, dass er — ohne die oberflächliche rasche Arbeit für die Dauer sich anzueignen und somit ohne

[1]) Fuessli, l. c., S. 20.

in Manier zu verfallen — eine ausserordentliche Uebung sich
aneignete.

Aus dem unerfreulichen Zustand, in den die italienische
Malerei um das Ende des 16. Jahrhunderts verfallen war, nimmt
sie im 17. Jahrhundert noch einmal den letzten Aufschwung
durch zwei Richtungen, von denen die eine die einzelnen Eigenschaften der grossen Meister des Cinquecento sich anzueignen
strebt, die andere das Wesen der Malerei im Naturalismus und
in der Darstellung leidenschaftlicher Erregungen sucht. Jenes
ist zu Bologna durch Ludovico Carracci (1555 bis 1619) in
Verbindung mit seinen beiden vor ihm gestorbenen Neffen
Agostino (1557 bis 1602) und Annibale Carracci (1560 bis
1609) gestiftete Schule der Eklektiker, aus der direct oder
indirect noch manche liebenswürdige Meister hervorgingen, wie
Domenichino (1581 bis 1641), Francesco Albani (1578 bis
1660), der überaus fruchtbare, aber in seinen Leistungen sehr
verschiedene Guido Reni (1575 bis 1642), der tüchtige Colorist
Guercino (1591 bis 1666), der liebliche, wenn auch nicht sehr
talentvolle Sassoferrato (1605 bis 1685), Christofano Allori
(1577 bis 1621) und der oft sehr süssliche Carlo Dolci (1616
bis 1686).

Gleichzeitig mit ihnen entstand die Schule der Naturalisten, welche sich in ihrer Darstellung der menschlichen Leiden-
schaften in den niederen Ständen bewegt. Ihr Begründer war
Amerighi Caravaggio (1569 bis 1609), der in Venedig, Rom
und Neapel thätig, in letzterer Stadt einige Nachfolger hatte,
unter denen Spagnoletto (das ist der schon erwähnte Jusepe
Ribera), der Landschafter Salvator Rosa (1615 bis 1673), der
in Rom nach ihm gebildete Honthorst (1590 bis 1656) und der
schon erwähnte Schnellmaler Luca Giordano (1632 bis 1705)
die bekanntesten sind.

Als Kupetzky in Rom bei seinem Meister in Arbeit stand,
war also für die Kunst daselbst keine günstige Zeit gewesen;
abgesehen hiervon hätte der Jüngling nur wenig Nutzen für sich
ernten können, zumal er bei seinem Lehrherrn ganz und gar in
Anspruch genommen war. Nur später war es ihm vergönnt, in
seiner freien Zeit die Galerien zu studiren, einige Tage der
Woche copirte er hier, wenn er nicht für seinen Meister arbeiten
musste. Und dennoch fühlte sich Kupetzky glücklich. Lange hatte

zwar Kupetzky in Italien mit Noth und Armuth zu kämpfen gehabt, ja selbst die schwere Plage des Hungers musste er oft fühlen: doch er, der nur für die Kunst zu leben schien, wusste diese Ungemächlichkeiten standhaft zu ertragen; ihm dünkte der Preis zu schön, den er durch diese Opfer zu erringen hoffte. Er ging später fleissig auf die Akademien und lernte bei Raphael und den Antiken die Geheimnisse des Reizes und des erhabenen Geschmackes: so ging es einige Tage der Woche zu. Doch er fand bei den Malern der römischen Schule nicht das Lockende, welches sein Geist forderte, nämlich die Färbung. Er bemerkte — sagt Füessli[1]) — dass die sorgfältige Eifersucht ihrer Umrisse ihnen keine Zeit gelassen hatte, an die Farbe zu denken, und nach den wallenden Regungen, die er bei sich fühlte, glaubt er, Tizian, Correggio, Guido und Caravaggio seien für ihn eigentlicher gebildet; er hielt sich also an diese Muster und spürte einem Schönen nach, das Jedem gefiel und den Kenner zugleich hinriss.

Der junge Künstler fand in Italien, was er sehnlichst wünschte: unendlichen Stoff zur grösseren Ausbildung. Aber Kupetzky fand hier auch, was er nicht gesucht hatte: in Italien fing nämlich das erstemal sein Ruhm zu keimen an, der nachmals stets so herrlich blühte und dessen er in der That auch würdig war.

Bald zeigten seine Arbeiten erfreuliche Fortschritte, die Aufmerksamkeit und der Wissensdurst liessen ihn nicht ruhen, und er brachte es in seiner Kunst zu einer Fertigkeit, dass er sich mit so manchen seiner Genossen messen konnte. Aber nicht auf mechanische Weise hat Kupetzky seine Kunst erlernt, denn die Gabe zu dieser Kunst war ihm angeboren und in seinen Lehrjahren hatte sich blos sein Talent entfaltet. Als echte Künstlernatur betrachtete er die Malerei nicht als Broterwerb; in seinen Augen war sie etwas Schönes und Erhabenes, das ein freudiges Geschäft seines Lebens werden sollte. Er hing mit ganzer Seele daran, und wenn er nach höherer Vervollkommnung strebte, so hatte er kein anderes Ziel dabei, als seiner unwiderstehbaren Neigung und seinem Kunstenthusiasmus Genüge zu leisten.

---

[1]) Füessli, l. c. S. 21.

Der Anschein seiner günstigen Situation machte ihn aufgeräumter und er suchte nach Freunden, nach Kunstgenossen und fand sie. Es waren dies:

Christoph Ludwig Agricola, aus einer vornehmen Familie in Regensburg, geb. 1667; ein trefflicher Landschaftsmaler, der die Natur zur Lehrmeisterin wählte, ganz Europa durchreiste und die besten Kunstcabinete mit seiner Arbeit bereicherte. Er starb in seinem Vaterlande 1719. Es ist wohl kein Vorfall — sagt Füssli über ihn[1]) — den jemals ein Künstler in Landschaften vorstellen kann, welchen Agricola in seinen Gemälden nicht ausgeführt hätte. Er malte auch Bildnisse. Dasjenige seines Bruders, des Arztes G. H. Agricola, gab B. Vogel in schwarzer Kunst.

Joachim Franz Beich, geb. zu München 1665, war daselbst Hofmaler. Als er aus Italien zurückkam, ätzte er die vier Folgen von Landschaften im Geschmack grosser Meister. Seine Erfindungen waren einfach, aber malerisch. Zwei Landschaften mit Hirten und Vieh hat Joseph Wagner nach ihm gestochen. Er starb zu München 1748. (Er wird oft, so bei Ormós,[2]) mit seinem Vater Wilhelm, verwechselt, der Hofmaler am churbayerischen Hof zu München war und der die Feldschlachten, denen der Churfürst Maximilian Emanuel in Ungarn beiwohnte, sammt den dazu gehörigen Prospecten auf sehr grossen Tafeln machte.)

Johann Georg Blendinger, ein Maler zu Nürnberg, der bei Franz Ermels lernte. Er machte schöne Landschaften und zuweilen Bildnisse. B. Vogel hat nach ihm in Schwarzkunst gearbeitet. Blendinger starb in seinem Vaterlande 1741 im 74. Jahre seines Lebens.

Franz Werner Dam (auch Damm oder Tamm genannt), geb. zu Hamburg 1658, kam nach Rom und studirte nach den grössten Meistern. Er wollte Historienmaler werden, wurde jedoch Früchte-, Blumen- und Thiermaler. Er wurde nach Wien berufen, wo er für den kaiserlichen Hof mit grossem Beifall arbeitete und viele von seinen Gemälden nach Paris, London und nach anderen vornehmen Städten verschickte. Dam starb

---

[1]) H. H. Füssli, Allg. Künstlerlexikon.
[2]) v. Ormós, l. c. S 85.

in Wien 1724. Seine Pinselstriche sind keck und geistreich, sie drücken zuweilen die Gegenstände durch eine vortreffliche Zeichnung aus, obwohl sie nur als von ungefähr hingeworfen zu sein scheinen. Er malte in verschiedenen Manieren, in der letzten Zeit folgte er meistens der niederländischen, indem er seine Werke sehr fleissig ausarbeitete.

Gottfried Eichler aus Augsburg machte, nachdem er bei Johann Heiss lernte, eine Reise in Italien. Zu Rom studirte er in der Schule des Ritters Carlo Maratta (1625 bis 1713). Nach einem fast fünfjährigen Aufenthalt ging er — sagt Füssli[1]) — mit dem berühmten Kupetzky nach Wien und nach anderen fünf Jahren nach Hause. Hier malte er meistens Bildnisse, wovon man einige ansehnliche Familienstücke sah. Dass es ihm aber blos an Gelegenheit und nicht an Geschicklichkeit gefehlt habe, historische Gemälde zu verfertigen, zeigt das Altarblatt in der Barfüsserkirche, welches das heilige Abendmahl vorstellt; an diesem schätzt man sowohl das schöne Licht, die vortrefflichen Köpfe, die Perspective der langen Tafel, als auch die feine Haltung sehr hoch. Kilian hat dieses Stück in seiner Kupferbibel angebracht. Eichler war 1742 Director der Malerakademie in Augsburg und starb 1759 im 82. Jahre seines Alters. (Sein Sohn Johann Gottfried, geb. 1715, folgte ihm in seiner Kunst. Er arbeitete in Schwarzkunst, zeichnete auch für andere Kupferstecher und besass eine grosse Geschicklichkeit in kleinen Figuren. Er starb 1770. — Martin Gottfried, dieses Letzteren Sohn und Schüler, arbeitete 1765 zu Mannheim bei Egydius Verelst.)

Zu diesen Künstlern gesellte sich noch, und zwar in erster Reihe der bereits erwähnte Züricher Maler Mathias Füessli, der Retter Kupetzky's in der Noth, und andere Maler. Wie man aus dieser kurzen Skizze ersehen mag, waren diese Künstler, wenn auch nicht ganz unbedeutend, gewiss nicht Künstler von Gottes Gnaden, zumal sie alle in der Kunstgeschichte fast verschwinden und von Kupetzky bald überflügelt wurden. Auch die Kunst des Malers Klaus aus Luzern ist jetzt ganz unbekannt, und der Züricher Maler Mathias Füessli verdankt seinen Ruhm gewiss auch nicht seiner Kunst, zumal selbst seine Bilder

---

[1]) H. H. Füssli, Allg. Künstlerlexikon.

nur nach einigen Kupferstichen bekannt sind. Wenn diese zwei Künstler überhaupt nicht gänzlich verschollen sind, so haben sie es doch grösstentheils Johann Kupetzky zu verdanken, mit dessen Namen und Kunst sie innig verbunden sind und somit auch erwähnt werden müssen, und zwar der Erstere als sein erster Lehrer, der Letztere als sein Retter und Führer in der Fremde.

Als Kupetzky bemerkte, dass die genannten Künstler in Rom nicht blos zugänglich, sondern ihm auch in aufrichtiger Freundschaft zugethan waren, so thaute er auf, die düstere Stimmung machte allmählich einem heiteren Gemüth Platz. Die Aehnlichkeit des Alters und des Berufes macht die Künstler — wenn auch nicht immer, doch häufig — zu einander vertrauter, und Kupetzky begann auch eine gesellschaftliche Rolle zu spielen.

Aber ausser diesen gesellschaftlichen Annehmlichkeiten wusste der junge Künstler auch seinen Wissensdurst zu befriedigen; und in Rom war dies für einen eifrigen, talentirten Jünger der Kunst auch nicht schwer. Die antiken Bildhauerarbeiten in den Sammlungen des Vaticans, die Stanzen daselbst, die Meisterwerke der Sixtinischen Capelle, die unsterblichen Schöpfungen eines Raphael und Michelangelo regten die Seele des Jünglings ungemein an.

Seine Armuth war ihm zum grossen Nachtheil, wie überhaupt einem jeden Künstler. Es quälte ihn, dass er nicht nur nicht in der Lage war, durch Reisen seine Kentnisse und Erfahrungen zu bereichern, es war ihm auch nicht die Gelegenheit geboten, sich wissenschaftliche Kenntnisse anzueignen. Die fruchtbarste Quelle der künstlerischen Ideen, das in wechselvollen Scenen reiche Geschichtsbuch der Menschheit war ihm verschlossen, und somit musste er sich auf die mit dem Auge sichtbare Natur und auf die vorhandenen Kunstwerke, auf deren Studium und Nachahmung beschränken. Da er aber nebst seinen Studien auch materielle Sorgen hatte, musste er seine Zeit für seine Studien und der für seinen Meister geleisteten Arbeiten theilen.

Obzwar er sich blos eine kurze Zeit hindurch und gewiss unter den ungünstigsten materiellen Verhältnissen in Venedig aufgehalten hat, so machten die Werke der grossen Meister des

Colorits, und zwar Tizian, Giorgione, Palma Vecchio, Paolo Veronese und Bonifazio, einen mächtigen Eindruck auf ihn; dieser Eindruck wachte in ihm in Rom wieder auf, und obzwar er auch in Rom die Meisterwerke eines Raphael und Michelangelo mit Begeisterung besichtigt hatte, so machte er gegenüber der Werke der römischen Schule dennoch die Erfahrung, dass der auf das Fehlerlose der Contouren angewendete besondere Fleiss in dieser Schule die Vernachlässigung des naturgetreuen Colorits zur Folge hatte, und deshalb trachtete er in seinem Innern auf die Vervollkommnung des Colorits, weil er dies als eine Eigenschaft des Werkes betrachtete, die bei dem Laien Gefallen, bei dem Kunstverständigen hingegen Begeisterung verursacht.

Er musste daher vor Allem fleissig sein, um dadurch nicht blos seinem greisen Meister, sondern auch sich selbst ein schönes Einkommen zu sichern, damit es ihm dann möglich sei, mittelst einer Studienreise seinen Wissensdurst zu stillen, seine Kenntnisse zu erweitern und seinen künstlerischen Wünschen Rechnung zu tragen.

Auf diese Art hat er sich mit der Zeit Geld erworben; auch sein Name war bekannt geworden, und somit stand er vor der Erfüllung seines sehnlichsten Wunsches, sich einzig und allein der Kunst zu widmen. Der Maler, zu den ihn Füessli zuerst geführt und der ihn abgewiesen hatte, bereute nun seine That, denn er sah nicht ohne Neid, ja sogar mit Verdruss, wie grosse Vortheile seinem Gegner durch Kupetzky erwachsen sind; er trachtete ihn daher durch die schmeichelhaftesten Versprechungen an sich zu locken, aber Kupetzky wies ihn und seine Anträge mit der äussersten Verachtung ab, denn er wollte offenbar seinem Meister, den er zugleich als seinen Wohlthäter betrachtete, die einstige freundliche Aufnahme nicht mit Undank erwidern, indem er ihm Concurrenz hätte machen sollen.

Das Verhältniss zwischen Kupetzky und seinem Lehrmeister ist dadurch noch inniger, freundschaftlicher geworden, und der junge Künstler wäre gewiss noch länger bei ihm geblieben, wenn ihn nicht eine plötzliche Erkrankung daran gehindert hätte. Kupetzky stand damals schon auf einer nicht unbedeutenden Höhe der Kunst, und in Folge seines unermüdlichen Fleisses und der fortwährenden Kunstübung verfeinerte sich auch sein

Geschmack; jetzt zeigte sich nicht blos sein Meister, sondern auch das Publicum anerkennend seinen Arbeiten gegenüber. Von Tag zu Tag kamen mehr und mehr Bestellungen zu ihm, dass er endlich nicht mehr in der Lage war, so viel zu malen, als er Bestellungen bekam. Er musste daher auch seine Nächte in Anspruch nehmen, arbeitete oft bis Tagesanbruch, aber die Natur rächte sich bald. Die überanstrengende Arbeit ruinirte seine Gesundheit, und zu seinem nunmehr ohnehin kränklichen Zustand gesellte sich noch die Malaria, dieses gefährliche Fieber, das besonders gelegentlich der heissen Jahreszeiten in Folge der Ausdünstungen (l'aria cattiva) der mit unzähligen Miasmen gefüllten pontinischen Sümpfe oft tödtlich für die Menschen ist.

Es wurde der Arzt der kaiserlichen Gesandtschaft consultirt, mit dessen Hilfe die Genesung mit der Zeit vor sich ging; sobald sich aber Kupetzky kräftiger fühlte, rieth ihm der Arzt, von Rom wegzugehen und seine Gesundheit in der gesunden Luft von Frascati gänzlich herzustellen. Hier gewann er bald seine verlorene Gesundheit zurück, so dass er wieder malen konnte, und da er auch hier Bestellungen bekam, war er von jeder materiellen Sorge verschont geblieben. — Einige vornehme Personen, die er in Frascati zu malen Gelegenheit hatte, riethen ihm, für sich zu malen. Er nahm den Rathschlag an, kehrte nach Rom zurück und machte seinem Meister von seiner Absicht Mittheilung; dieser that zwar, was in seiner Macht stand, um ihn von seiner Absicht, ein eigenes Atelier zu eröffnen, abzubringen, allein seine Bemühungen waren vergebens, und er liess Kupetzky mit einem dankbaren Andenken von sich.

Kupetzky wurde alsbald selbstständig und errichtete sofort — es war am Ende des 17. Jahrhunderts — sein eigenes Atelier in Rom.

Von dieser Zeit ab war Kupetzky immer ein selbstständiger Künstler. Es ist sehr schade, dass seine Selbstständigkeit nicht auch zugleich auf die Auffassung sich erstreckte: ebenso wie der grösste Theil seiner Zeitgenossen, begnügte sich auch Kupetzky mit dem billigen Ruhm, dass er andere Meister, besonders aber seinen Lieblingsmeister Karl Loth, ganz getreu copiren konnte, und es machte ihm eine besondere Freude, wenn sie Jemand für Originale hielt. Trotz der Eindrücke, die er von den grossen römischen Meistern erhielt, erwachte in seinem Kopfe von Neuem die Manier des Karl Loth, er malte in dessen Manier, in seinen eigenen Erfindungen hielt er sich an eine gemischte Schönheit, die aber meistens von der Natur beherrscht war.

Ein Kunsthändler in Rom interessirte sich sehr für die Gemälde des Johann Kupetzky, und kaum waren diese mit dem letzten Pinselstrich versehen, hat er sie schon käuflich an sich gebracht. Der Kunsthändler hatte einen guten Abnehmer für diese Bilder an dem Prinzen Alexander v. Sobiesky, der sich zu jener Zeit in Rom aufhielt. Oft fragte ihn der Prinz, ob man den Maler nicht bekommen könnte, aber der schlaue Kaufmann, der den Verlust seiner guten Geschäfte fürchtete, gab immer eine verneinende Antwort, indem er zugleich dem Prinzen mittheilte, die Bilder werden ausserhalb Roms gemalt, und somit sei der Künstler in Rom gar nicht anwesend.

Doch bald ist es dem Prinzen durch einen Zufall gelungen, den Maler zu eruiren und für sich zu gewinnen.

Kupetzky hatte nämlich den Arzt, der ihm zur Wiederherstellung seiner Gesundheit verholfen, zum Beweise seiner Dankbarkeit zwei Bilder geschenkt. Eines der Bilder stellte einen Bettler, das andere einen Knaben dar, die er nach der Natur malte. Der Arzt schenkte diese Bilder in das Cabinet des kaiserlichen Gesandten, wo sie von dem Prinzen bemerkt wurden.

Ueber diesen Prinzen entwirft v. Ormós[1]) die folgende Skizze: Prinz Alexander Benedict Stanislaus Sobiesky ist der Sohn des Königs Johann III. von Polen gewesen und ward 1677 in Danzig geboren. Nach dem Tode seines Vaters trat er als Thronprätendent auf; als er aber die Krone als Schenkung des Königs Karl XII. von Schweden hätte annehmen sollen, wies er sie zurück. Sein sonderliches Naturell hat der Prinz Alexander Sobiesky nach der Zurückweisung der königlichen Krone schon dadurch genügend documentirt, dass er sein Privatleben nicht blos dem Glanze des königlichen Thrones vorzog, sondern er hat sich auch gänzlich zurückgezogen, wurde später Mönch und starb als Capuziner im Jahre 1714.

Der Prinz verkehrte häufig im Hause des kaiserlichen Gesandten und als er einmal die genannten zwei Bilder bemerkte,

---

[1]) v. Ormós, l. c. S. 88.

fragte er nach dem Meister. Der Gesandte liess seinen Arzt rufen und dieser nannte den Künstler, den er von einer gefährlichen Krankheit geheilt und von dem er dieselben aus Dankbarkeit als Geschenk erhielt. Sobiesky bat den Arzt, ihm den Maler zuzuschicken, und dieser gab Kupetzky Nachricht hiervon, der auch nicht lange säumte. Der Prinz empfing ihn mit Entzücken und machte ihm den Vorschlag, für ihn allein zu arbeiten. Die Person des Künstlers war somit in ihrer Freiheit beschränkt, zumal Kupetzky ausser dem Prinzen sonst für Niemanden malen durfte; aber trotz dieser strengen Bedingung nahm Kupetzky den Antrag an und stand nunmehr in Diensten des Prinzen. Er verdoppelte seinen Fleiss und machte den Anfang mit seines Gönners Bildniss, der ihm seine Forderungen immer überzahlte.

So verbrachte Kupetzky zwei Jahre. Die Bilder, die Kupetzky in Italien malte, sind heute verschollen und längst unbekannt. Füessli erwähnt nicht einmal die Titel, die Sujets der Bilder, die Kupetzky in Italien gemalt und an die Kunsthändler oder Private verkauft hat. Und wenn das Geschenk an den Arzt des kaiserlichen Gesandten nicht so einschneidend gewesen wäre im Leben des Künstlers, wer weiss, ob uns Füessli auch nur diese Bilder genannt hätte. Die Biographie des Kupetzky in Füessli's Feder lässt an Knappheit nichts zu wünschen übrig.

Als sich Kupetzky's Vermögensverhältnisse günstig gestalteten, drängte es ihn, seine künstlerischen Studien fortzusetzen. Bald war er entschlossen, eine zweite Reise zu machen, und zwar nach Oberitalien. Er besuchte die Städte Bologna, Florenz und Mantua, studirte nach Correggio, den er sehr liebte, und nach Guido Reni, er copirte deren Werke, um einen noch vollkommeneren Begriff von ihnen zu haben; endlich ging er wieder nach Venedig, wo — wie Füessli über ihn sagt — sein erleuchtetes Auge Tizian's Geist durchdrang und da Hilfe zu seinen erhabenen Farben sammelte. Da er sich in Venedig längere Zeit aufhielt, fand er auch hier viele vornehme Freunde und erzielte mit seinen Gemälden eine so grosse Wirkung, dass man seine Bilder denjenigen des damals in gutem Ruf gestandenen Bombelli vorzog, dem die Begeisterung seiner Köpfe mangelte.

Sebastian Bombelli, geb. 1635 zu Udine, war erst Schüler des Guercino (1591 bis 1666) und dann trefflicher Copist der besten Werke des Paulo Veronese, die schwer von den Nachbildungen zu unterscheiden waren. Später verlegte er sich auf das Porträt und leistete viel in dieser Gattung, nur ist es schade, dass er die Historienmalerei vernachlässigte. Er gefiel auch ausser Italien, diente dem Erzherzog zu Innsbruck, malte in Deutschland mehrere Churfürsten, darunter auch den von Bayern, den König von Dänemark, den Kaiser Leopold I. und Andere. Er wurde auch Leopold's Hofmaler.

Die meisten seiner eigenen Bilder und einige der älteren Meister, die er hergestellt hat, sind schwarz geworden, da er sich eines schädlichen, pechartigen und harzichten Firnisses bediente. Mehrere Kupferstecher haben nach ihm gearbeitet, er galt neben F. Rusca und Rosalba Carriera für den besten Porträtmaler seiner Zeit in Italien.

Bombelli starb im Jahre 1716.[1])

Zweifellos war Bombelli in Italien als grosser Künstler angesehen, und wenn Kupetzky mit seiner Kunst so weit vordringen konnte, dass man ihn dem Bombelli vorzog, so war dies gewiss ein kaum geahnter Erfolg des jungen Künstlers, der sich so plötzlich an der Höhe seiner Kunst fühlte.

Während der Anwesenheit Kupetzky's in Venedig hielten sich dort auch vornehme Gäste auf. Es waren dies die mit dem russischen Hof verwandten Prinzen von Mecklenburg, und zwar der Prinz Adolf Friedrich von Streliz und der Prinz Friedrich Wilhelm von Schwerin, die den Maler zuvor als Begleiter und Cicerone auf ihrer Reise durch Italien und auch als Hofmaler mit sich nach der Heimat haben wollten.

Einen zweiten Antrag erhielt Kupetzky vom Fürsten Adam Liechtenstein, der in den Hauptorten Italiens, wo die Künste blühten, Kundschafter unterhielt[2]) und von diesen über

---

[1]) Nagler: Künstler-Lexikon, II, S. 27 sagt: „Bombelli starb nach der Angabe Einiger im Jahre 1685, allein dieses ist unrichtig, denn er lebte noch 1716." Wir haben dieser Bemerkung noch beizufügen, dass v. Ormós, S. 89, als Todesjahr des Bombelli zwar richtig 1716 angiebt, aber ihn (auf S. 90) als Hofmaler des Kaisers Leopold sterben lässt. Und auch das ist ein Irrthum, zumal Kaiser Leopold I. vor Bombelli, und zwar am 5. Mai 1705 im 65. Jahre seines Lebens und im 49. seiner Regierung starb; der Künstler musste also seinen kaiserlichen Herrn um elf Jahre überlebt haben.

[2]) Meusel: Neue Miscellaneen artistischen Inhalts etc. 1799. Zehntes Stück, S. 224.

Kupetzky und seinen bedeutenden Ruf als Künstler unterrichtet worden war. Der Fürst liess ihn einladen, nach Wien zu kommen, einem Ort, der seiner würdig wäre.

Nicht allein die günstigen Bedingungen mögen Kupetzky bewogen haben, Venedig zu verlassen und nach Wien zu gehen, denn sein Aufenthalt in der Lagunenstadt galt ja in erster Reihe seiner künstlerischen Ausbildung, seinem Studium und dem Herzenswunsche, sein Colorit dem des Tizian ähnlich zu gestalten, in die Kunst dieses Künstlers tiefer einzudringen und sich aus den Werken desselben reichen Stoff für eine weitere Zukunft zu sammeln.

Kupetzky's Reise nach Wien war vornehmlich ein Herzensbedürfniss. In seiner Seele regte sich der Wunsch, die längst verlassenen Eltern und Geschwister nach so vielen Jahren endlich einmal wieder sehen zu können. Zu dieser Zeit haben ihn seine alten Eltern — die niemals eine Nachricht über ihn erhalten haben — schon längst todt geglaubt.

Bösing ist nicht weit von Wien, und so hoffte der Künstler selbst bei einem dauernden Aufenthalt in Wien, seine Familie öfter zu sehen und — wenn nöthig — ihnen in ihren alten Tagen eine angenehme, behagliche Existenz bieten zu können.

Rasch entschlossen nahm er daher die Einladung des kunstsinnigen Fürsten Adam Liechtenstein an, er verliess Venedig und reiste ohne Verzug nach Wien.

IV.

(Ein Apokryph. — Die Reise nach Wien. — Das Porträt des Kaisers Leopold I. — Die Künstlergemeinde in Wien. — Glückliche Erfolge am kaiserlichen Hof. — Kupetzky's Schüler und späterer Freund und Biograph Johann Caspar Füessli.)

Michael Zsilinszky, der Verfasser des kleinen ungarischen Heftes über Kupetzky, kann — wenn auch das Heftchen keinen kunsthistorischen Werth besitzt — dennoch auf Dank Anspruch erheben, da er in seiner kleinen Arbeit einige Punkte berührt, die bei Anderen gänzlich übergangen wurden und somit eine weitere, eingehendere Forschung veranlassen konnten.

An dieser Stelle müssen wir jedoch einen Irrthum, den er begangen, aufklären; denn mit Umgehung aller Kunstschriftsteller, die sich mit unserem Meister mehr oder weniger beschäftigten, leitet er ohne gewichtige Gründe den Lebenslauf Kupetzky's in eine Richtung, die schon nach einiger Prüfung der Sachlage von selbst hinfällig wird. Nach seiner Angabe wäre Kupetzky überhaupt nicht zum Grafen Czobor gekommen, denn er selbst schreibt:[1])

„Manche seiner Biographen erzählen, er hätte sich, nachdem er einige Meilen gegangen war, in das Schloss eines Grafen Czobor verirrt, wo ein Maler aus Luzern, Namens Klaus, sich mit der Ausbesserung der Wandgemälde der herrschaftlichen Zimmer beschäftigte; dass dieser die Geschicklichkeit des ärmlich gekleideten Knaben erkannt hätte, der auf die Wand einige Figuren zeichnete und dass er ihn behufs weiterer Ausbildung auf Kosten des Grafen mit sich nach Wien genommen hat. Ku-

---

[1]) Zsilinszky, l. c. S. 10 und 11.

petzky selbst jedoch macht hiervon in seinem Briefe vom Jahre 1703 aus Wien, den er durch den Bürgermeister von Bösing seinen Eltern zukommen liess und worin er unter Anderem wegen der Schmerzen, die er ihnen durch seine Flucht verursacht hat, um Verzeihung bittet und kurz erzählt, wie er zu Klaus gelangt ist, keine Mittheilung."

Der genannte Brief lautet:

"Ich wollte" — schreibt er — "nicht Weber werden; deshalb trieb mich meine Seele an, in die Welt zu gehen. Ich ging, betete und da ich auf der Reise ins Elend gerathen bin, so war ich auch gezwungen zu betteln. Mit meinem Schnittmesser und einem Stück rothen Bleistift bin ich von Stadt zu Stadt gegangen, wo ich sehr viele gute Menschen angetroffen habe, die mir für ein kleines schlechtes Bild oder ein kleines hölzernes Kreuz in Gottes Namen Brot und im Stall oder in der Schenne Nachtquartier gegeben haben. So wanderte ich durch die Länder vieler Könige, bis ich in einer schweizerischen Stadt, namens Luzern, ankam. Dort kam ich in die Werkstatt des Malers Klaus und bat ihn, er möge mich als Lehrling aufnehmen. Er forderte mich auf, meine Reise und Erfahrungen ihm aufrichtig zu erzählen, dann hat er mich wegen meiner Flucht strenge gerügt; aber Gott hat sein Herz erweicht und er liess mich endlich ein Stück Bild malen. Ich habe demnach seine einzige Tochter Katharina gezeichnet; der Meister war mit mir zufrieden und hat mich als seinen Lehrling aufgenommen."[1]

Zsilinszky fügt auf S. 12 die Bemerkung hinzu:

"Kupetzky ist von Klaus, und wahrscheinlich mit ihm (Zsilinszky meint aus Luzern) nach Wien gegangen, wo die Werke eines aus München stammenden, des in Italien durch Caravaggio ausgebildeten Malers K. Lothi, oder italienisch Carlotto, einen aussergewöhnlichen Eindruck auf ihn machten."

Nach diesen Angaben des Zsilinszky scheint es, dass er die kleine knappe Biographie des Kupetzky aus der Feder Füessli's, obzwar er dieses Werk selbst citirt, gar nicht gelesen.

---

[1] Diesen Brief hat Zsilinszky aus J. B. Müller: Časopis českého Muzea na r. 1855. S. 215 bis 340, und Sasinek: Jahrbuch d. Slov. Matida. 1873. II. S. 46 entnommen.

und wir glauben gerne, dass er den Brief aus der czechischen Quelle bona fide übernommen hat. Dass aber alle diese Angaben unrichtig sind, dafür ist uns Füessli sowie alle anderen Kunstschriftsteller ein unumstösslicher Beweis, da besonders Füessli dieses Abenteuer Kupetzky's, das so wichtig in seiner Biographie wäre, nicht verschwiegen und geflissentlich eine andere Richtung eingeschlagen hätte. Ausserdem war Kupetzky, als er diesen angeblichen Brief schrieb (1703), noch gar nicht in Wien.

Weiters ist die Echtheit des Briefes schon deshalb sehr zweifelhaft, da Kupetzky — wenn er aus dem Elternhaus wirklich direct nach Luzern gegangen wäre — nicht fähig war, für Speise und Nachtquartier „Bilder" herzustellen und auf Wunsch des Klaus „ein Stück Bild zu malen", zumal er es nirgendwo erlernt hat und das „Malen" ihm auf der Flucht gänzlich fremd sein musste. Plausibler erscheint es schon, dass Klaus durch ihn seine einzige Tochter Susanna abzeichnen liess, um über die Fähigkeiten des Jünglings urtheilen zu können. Und Kupetzky, ein Naturgenie wie er war, wäre gewiss im Stande gewesen, diese Zeichnung, wenn auch noch so mangelhaft, verfertigen zu können, wenn es auf eine Probe angekommen wäre, und wenn er nicht im Schlosse des Grafen Czobor Beweise seines Talentes gegeben hätte.

Allen diesen Conjecturen gegenüber ist es also heute schon zweifellos, dass Kupetzky nie in seinem Leben in der Schweiz, geschweige denn in Luzern war, und dass sich Zsilinszky von einer ganz gewöhnlichen Mystification verleiten liess, Angaben zu machen, die niemals stattgefunden haben.

Ein ganz anderer Streit ist um die Reise Kupetzky's nach Wien entstanden; denn der Zeitpunkt derselben ist in den verschiedenen Quellenschriften divergirend angegeben, und die Frage: wann Johann Kupetzky von Venedig nach Wien gereist ist, kann man noch heute nicht genau auf den Tag beantworten. Da er aber in Folge einer Einladung des Fürsten Adam Liechtenstein nach Wien kam, so hofften wir die richtige, genaue Antwort aus dem Liechtenstein'schen Archiv entnehmen zu können. Unsere Bemühungen blieben aber erfolglos, und als wir uns an den Director der Liechtenstein'schen Galerie Herrn Hofrath v. Falke wandten, so wurde uns mitgetheilt, dass im Liechtenstein'schen Archiv über Kupetzky nichts vorhanden sei.

Es war überhaupt sehr schwer, die plausible Jahreszahl für Kupetzky's Reise nach Wien anzunehmen, zumal die verschiedenerseits diesbezüglich in verschiedenen Zeitschriften und Lexika gemachten Angaben divergirend sind. Wir selbst meinten, der Angabe Füessli's, als wäre Kupetzky 1709 nach Wien gekommen, nicht beistimmen zu sollen, denn wenn er selbst wörtlich schreibt:[1] „.... und er kam nach einem 22jährigen Aufenthalt in Italien, im Jahre 1709, nach Wien." vermutheten wir da eine irrige Angabe.

Mehrere Autoren[2] haben diese Angaben Füessli's übernommen; Zsilinszky[3] hingegen behauptet, Kupetzky sei schon im Jahre 1701 nach Wien gekommen, was uns auch wahrscheinlicher schien. Denn obzwar Zsilinszky selbst keine Beweise für seine Angabe aufstellt, haben wir Gründe genug zu haben geglaubt, um ihm Glauben zu schenken und die Angaben aller anderen Autoren als zweifellos unrichtig hinzustellen.

Unsere Vermuthung glaubten wir durch die folgende Sachlage erhärten zu können.

Im Mai 1888 waren wir in Pressburg, um nach Werken des Künstlers zu forschen und etwa vorhandene Daten über denselben dem städtischen Archiv zu entnehmen. Bei dieser Gelegenheit machte der Akademiker, Herr Professor Dr. Theodor v. Ortvay in Pressburg, den Autor, den er sowohl im persönlichen Verkehr, sowie auch auf seinen Reisen im Auslande auf schriftlichem Wege auf das Thatkräftigste unterstützte, auf die

---

[1] Füessli, l. c. S. 23.
[2] Gabriel Döbröntei, Erdélyi Muzeum, 1817. VII, S. 96. — v. Ormos, l. c. S. 90. — Gräffer und Czikann, Oesterreichische National-Encyklopädie, Wien, 1835. III, S. 317. — Meusel, Neue Miscellaneen artistischen Inhalts etc. 1799. Zehntes Stück, S. 224. — Franz Martin Pelzel, Abbildungen Böhmischer und Mährischer Gelehrten und Künstler etc. Prag, 1777. III, S. 149. — Wurzbach, Lexikon. Wien, 1865. S. 398. — Allg. Deutsche Bibliographie, Leipzig, 1883, S. 408, wobei B. Grueber sogar die Bemerkung macht: „Als anerkannter Künstler durchreiste Kupetzky in den Jahren 1706 bis 1709 Italien, um die Meisterwerke in Neapel, Florenz, Bologna, Venedig und anderen Städten kennen zu lernen und hinterliess überall treffliche Arbeiten seiner Hand." — G. J. Dlabacz, Allg. histor. Künstler-Lexikon für Böhmen und zum Theil auch für Mähren und Schlesien. Prag, 1815. II. S. 162. — F. J. Lipowsky, Bayerisches Künstler-Lexikon, München, 1810. I, S. 167. — J. H. Jäck, Leben und Werke der Künstler Bambergs. Zweiter Theil, Bamberg, 1825. S. 26.
[3] Zsilinszky, l. c. S. 21.

Kunstsammlung des Herrn k. k. Kämmerers Stephan v. Rakovszky aufmerksam. Der Herr Pfarrer Fürst war so freundlich, uns bei Herrn v. Rakovszky einzuführen, der zwar eine sehr schöne Sammlung besitzt, worin aber kein einziges Bild von Kupetzky vorhanden ist. Dafür machte er uns jedoch die Mittheilung, dass er kurz vor der Revolutionszeit das Bild des Kaisers Leopold, von Kupetzky gemalt, im Pressburger Rathhaus gesehen hat, aber seither dasselbe spurlos verschwunden sei.

Als wir nach Wien zurückgekehrt, unsere im Deutschen Reich gesammelten Forschungsresultate mit den neuen in Wien erworbenen verglichen und die Wahrnehmung machten, dass nicht blos Füessli, sondern viele andere Autoren mit grosser Standhaftigkeit dabei bleiben, dass der Künstler im Jahre 1709 von Venedig nach Wien kam, glaubten wir, dass entweder wir Herrn v. Rakovszky vielleicht unrichtig verstanden haben, oder dass er sich in seiner Angabe geirrt hat, zumal Kaiser Leopold noch vor der angeblichen Ankunft Kupetzky's in Wien gestorben ist. Und da wir in Pressburg auch von anderer Seite über das angebliche Porträt des Kaisers Leopold von Kupetzky im Pressburger Rathhause hörten, wandten wir uns brieflich mit der Bitte an Herrn v. Rakovszky, er möge uns diesbezüglich genauere Anhaltspunkte geben.

Sein Antwortschreiben, das nicht ohne Interesse ist, lautet:

„Sehr geehrter Herr!

Ihre geschätzten Zeilen habe ich hier in Novák, wo ich den Sommer zubringe, gestern erhalten und beeile mich, auf dieselben zu antworten. Bezüglich des Bildes des Kaisers Leopold ist der Sachverhalt der folgende:

Ich habe das Bild in einem, „Schranne" genannten Saale des Rathhauses zu Pressburg am Ende des Jahres 1847 zum erstenmale gesehen, als mir der damalige städtische Archivar Jacob Sürth die Localitäten zeigte und das Bild als das Werk des berühmten Kupetzky meiner besonderen Aufmerksamkeit empfahl. Das Bild war lebensgross und besonders das Gesicht und die Hände waren mit einer seltenen künstlerischen Technik gearbeitet; weniger die Gestalt selbst, da die Haltung eine ein wenig gezwungene war. In Panzer gekleidet, hing von seinen Schultern der Prunkmantel des heiligen Stephan herab, den er mit seiner linken Hand zusammenhielt, und in der Rechten hielt er das königliche Scepter, auf irgend einen Gegenstand hinzeigend.

Der schwarze Holzrahmen des Bildes enthielt mit goldenen Buchstaben die in lateinischen Versen verfasste Dedication, aus welcher ersichtlich war, dass das Bild ein Geschenk des damaligen Stadtrichters Pongrácz war, und begann mit den Worten „Hic Leopolde tuo, sub imagine etc." Da jedoch die Jahreszahl, welche ebenfalls darauf war, sehr wichtig ist, wollen Sie freundlichst im I. Band von Mathias Bel's Werk: „Notitia nova Regni Hungariae" nachsehen: dort ist in der Beschreibung der Stadt die ganze Inschrift mit der Jahreszahl enthalten.

Nachdem im Jahre 1848 die Revolution ausgebrochen, wurden im „Schranne"-Saal die Nationalgardisten einquartiert, die das Bild mit ihren Bajonetten auf mehreren Stellen durchstochen haben; der damalige Stadtrichter war Augenzeuge dieses Verfahrens und befahl, das Bild zu entfernen. Den von Wein erhitzten, verschiedenen, theils aus dem Pöbel bestehenden Bewaffneten war dieser Befehl gelegen gekommen, sie erfassten das Bild und warfen es sammt Rahmen vom Corridor in den Hof hinunter, wo sie den Rahmen mit Hacken in kleine Stücke zerhackten, das Bild hingegen in eine Remise warfen. Zuletzt sah ich das Bild im Jahre 1851 im ebenerdigen Corridor des Rathhauses, wo es vor einer Kaminthür gelehnt war, um bei dem Bett eines Trabanten, der zu jener Zeit bei Nacht vor der Thüre der dortigen Cassastube schlief, den Luftzug aufzuhalten. Von da ist das Bild nachher verschwunden.

In den folgenden Jahren war ich oft im Rathhaus, als ich an meinem Werke: „Diplomatarium Posoniense" arbeitete, und frug oft, wo das Bild sei; aber Niemand wusste mir Auskunft zu ertheilen, ausgenommen ein alter Diener, der behauptete, Graf Karl v. Zay hätte das Bild im Rathhause zufällig erblickt, für dasselbe 50 fl. gegeben und in sein Schloss Zaynugrócz überführen lassen, wo es wahrscheinlich noch heute existirt. Nach einer anderen Tradition wurde es, wie Sie wohl wissen,[1] zu einer Schultafel verwendet.

---

[1] Herr von Rakovszky hat uns nämlich gelegentlich unserer mündlichen Besprechung die Mittheilung gemacht, dass nach einer Version das genannte

Indem ich mich Ihrer weiteren freundlichen Erinnerung empfehle, bin ich
Euer Wohlgeboren
Novák, am 7. August 1888. ergebenst
Stephan v. Rakovszky."

Wir haben nachher in Mathias Bel's Werk: „Nova notitia Hungaria" nachgesucht und fanden im I. Band, Seite 624 die folgenden Zeilen:

„In mensa, quam senatorius ordo circumsidet, crucifixi SERVTORIS statua, deposita est, vt religionis admoneat indices. De partibus, maximorum regum, LEOPOLDI M & filii CAROLI VI. suspaense sunt icones, habitum referentes Hungaricum. Et finistram quidem, LEOPOLDVS tenet, adscripto disticho:"
(auf Seite 625:)
„Hac LEOPOLDE Tuum, sub imagine quaerant honorem,
Sedi ciuili, qui simulacra docet. 1678.
Maiestati Tuae subjectissimus,
Adamus Chr. Pongratz L. R. C. Sen. & Cons."

Sobald ich diese Stelle gelesen hatte, war mir sofort klar, dass — obzwar der Autor nicht genannt ist — das Bild doch nicht von Kupetzky herrühren konnte, zumal Kupetzky im Jahre 1678 erst elf Jahre alt und noch im Hause seines Vaters war. Es ist aber nicht unwahrscheinlich, dass dieses Bild vielleicht Sebastian Bombelli, der Hofmaler des Kaisers Leopold I., gemalt hat.

Um daher das falsche Gerücht über das angebliche Kaiser Leopold-Bild des Kupetzky zu vernichten, mussten diese Thatsachen hier constatirt werden. Es ist demnach zweifellos, dass der Autor des Bildes nicht Kupetzky war, dass ferner Füessli's Mittheilung, dass Kupetzky nach einem 22jährigen Aufenthalte in Italien im Jahre 1709 nach Wien reiste, und endlich, dass bei der Ankunft Kupetzky's in Wien der Kaiser Leopold I. nicht mehr am Leben war, richtig ist. Nun zur Sache!

Sobald der Fürst Adam v. Liechtenstein von der Ankunft Kupetzky's in Wien unterrichtet war, suchte er ihn auf,

Bild nach Blumenthal (einer Vorstadt Pressburgs) kam, wo es schwarz angestrichen und dann mit rothen Linien versehen, als Tafel in der Schule verwendet wurde.

lud ihn ein, in seinem Palais Wohnung zu nehmen, indem er sagte: „Kupetzky, wohnen Sie in meinem Palast, Sie werden da in einer der meinigen völlig gleichen Herrschaft mitten unter den Zeugnissen und Beispielen der grössten Geister Ihrer Kunst Ihre Studien nicht unangenehm zubringen."[1] Sein angeblicher Unabhängigkeitssinn, den beinahe alle Kunstschriftsteller für bare Münze nehmen, und der — wie wir später Gelegenheit haben werden zu beweisen — blos als Deckmantel für andere, für Kupetzky wichtige Gründe dienen sollte, hat ihm nicht gestattet, diese Einladung des Fürsten anzunehmen, um in keinem Abhängigkeitsverhältniss zu ihm zu stehen. Er bezog daher in der Leopoldstadt im grossen Donaubad bei Baron Schröckenstein[2] eine Wohnung.

Seine erste Arbeit war das Porträt des Freiherrn v. Schröckenstein; das Bild erregte in Wien Bewunderung, und trotzdem in Wien zu jener Zeit mehrere beliebte Künstler wirkten, war Kupetzky bald von allen Seiten gesucht.

In Wien waren die Künstler nicht so zahlreich wie die Kunstfreunde; denn gerade so wie in den grösseren Städten Deutschlands wurde die Kunstrichtung der Wiener Maler von den italienischen, französischen und niederländischen Meistern geleitet.

Die gewissenlose Virtuosität der damaligen italienischen und französischen Künstler, das Streben nach einer technischen Handfertigkeit, die Frivolität des falschen Classicismus und das Haschen nach Sinnlichkeit hat auch auf die Wiener solch eine mächtige Wirkung ausgeübt, dass nur Wenige im Stande waren, sich einem gesünderen Geschmack hinzuneigen. Ein grosses Verdienst haben bezüglich der Aufrechterhaltung des guten Geschmacks besonders die niederländischen Meister, deren Werke im interessanten Gegensatz standen jenen Kunstwerken gegenüber, die, im Rococostyl verfertigt, einer jeden Natürlichkeit entbehren.

Unter dem Einfluss dieser wohlthätigen nordischen und der schädlichen italienisch-französischen Strömung standen die Wiener Künstler.

[1] Füessli, l. c. S. 24.
[2] Wurzbach, l. c. S. 398.

Hans Rudolf Füessli[1]) giebt uns ein Bild der damaligen Kunstbewegung in Wien, die wir hier in Kürze reproduciren wollen. Darnach war der erste merkliche Schritt, der zur Beförderung der bildenden Künste gemacht ward, die Errichtung einer Maler- und Bildhauerakademie, wozu 1704 der Grund gelegt und von Rom und Florenz aus Abgüsse von einigen der vorzüglichsten antiken Statuen herbeigeschafft wurden. Zum Director dieser Kunstschule setzte man den Baron Peter Strudel ein, einen der damaligen geschicktesten Maler Deutschlands, der in jeder Rücksicht alle erforderlichen Eigenschaften zur zweckmässigen Einrichtung dieses wichtigen Werkes besass. Man findet aber wenig Spuren einer beträchtlichen Ausbreitung des Kunstgeschmackes von jener Zeit, die, ungeachtet der Geschicklichkeit und das persönliche Ansehen Strudel's unter dem Adel, wichtigere gute Folgen für die Kunst hatten hoffen lassen; wahrscheinlich weil die neue Akademie anfänglich viele Localhindernisse zu überwinden, Vorurtheile zu bestreiten hatte und damals auf ein Publicum wirken musste. welches die nöthige Empfänglichkeit für das wahre Schöne in der Kunst noch nicht haben konnte.

Im Jahre 1714 starb Strudel, und da der Gang des neuen Institutes dadurch auf eine geraume Zeit unterbrochen ward, machten die ersten akademischen Zöglinge auch etliche Jahre hindurch wenig beträchtliche Versuche, etwas Erhebliches an Kunstwerken hervorzubringen. Wien besass zwar damals einige sehr geschickte Künstler, nämlich Johann Gottfried Auerbach[2]), Franz v. Stampart[3]) im Bildnissmalen; Anton Faisten-

---

[1]) Hans Rudolf Füessli, Annalen der bildenden Künste für die österreichischen Staaten. Erster Theil. Wien, 1801. „Geschichte der bildenden Künste". S. 4 u. ff.

[2]) Johann Gottfried Auerbach, geb. zu Mühlhausen in Sachsen 1697, gest. in Wien 3. August 1753. Er machte sich in Wien ansässig, wurde 1750 Mitglied der Akad. d. bild. Künste und war als k. k. Hofmaler im Dienste des Kaisers Karl VI. Auf einem Bilde von Franz Solimena, das den Kaiser Karl VI. von seinem Hofe umgeben darstellt, als ihm der Graf Gundacker v. Althan das Inventar der kaiserlichen Galerie (1728) überreicht, sind der Kopf des Kaisers und des Grafen von Auerbach gemalt.

[3]) Franz v. Stampart, geb. zu Antwerpen 1675, gest. in Wien im Minoritenkloster am 4. April 1750. Er war Maler und Kupferstecher, lernte in seiner Heimat, und P. Tyssens wird als einer seiner Lehrer genannt. Studirte nach

berger¹) von Innsbruck und Joseph Orient²) im Fache der Landschaften; Franz Ferg³) in Conversationen und ländlichen Vorstellungen und Franz Werner Damm⁴) in Früchten, Blumen und stillliegenden Gegenständen; Männer, die in ihrer Art vortrefflich genannt werden können und deren Werke wir jetzt noch billigermassen hochschätzen; allein diese hatten sich nicht in Wien gebildet und ihr Wirkungskreis war übrigens auch zu beschränkt, als dass sie viel zur Vermehrung des allgemeinen Kunstgeschmackes hätten beitragen können. Zum Glück für die Kunst fing der grosse Prinz Eugen von Savoyen um selbige Zeit an, auf solche in Wien zu wirken, und neben ihm erhoben sich auch einige Häupter der ersten Familien des Staates: ein Fürst Adam v. Liechtenstein, ein Trautson, Althan, Schwarzenberg etc. etc., Männer von hohem Geiste, die mit der wärmsten Vaterlandsliebe auch feines Gefühl für das Schöne und Nützliche in der Kunst besassen, erklärten sich zu Beschützern und Beförderern der bildenden Künste.

Sie erkauften mit ungemein grossem Aufwande nach und nach eine Menge Meisterstücke der berühmtesten Maler aller Schulen, gestatteten auf eine aufmunternde Art den angehenden jungen Künstlern den Zutritt zu diesen Sammlungen und unterstützten einige der geschicktesten von ihnen, dass sie sich in Italien ganz ausbilden konnten.

Durch den Bau grosser und prächtiger Paläste, die zum Theile schon einige Jahre vorher von dem älteren Fischer

---

Van Dyck und M. de Vos und nach der Natur. 1695 berief ihn Kaiser Leopold I. als Hofmaler nach Wien, wo er erst unter Kaiser Joseph I. 1707 als angestellter Hofmaler erscheint, und wo er vielfach beschäftigt wurde. Er war auch im Dienste Kaiser Karl's VI.

¹) Anton Faistenberger, geb. 1678, gest. zu Wien 1722.

²) Joseph Orient, geb. zu Burbach unweit Eisenstadt in Ungarn 1677 und starb in Wien 1747. Er kam jung nach Wien, wo er beim Landschaftsmaler Anton Faistenberger (Feistenberger) lernte. In seine geschickten Landschaften malten die Figuren zumeist Ferg, Janneck u. A. Er wurde Vicedirector der Akademie, in welcher Eigenschaft er starb.

³) Franz Ferg, geb. in Wien 1689, lernte bei seinem Vater und Orient. Er malte im niederländischen Geschmack Zechen mit wohlgezeichneten kleinen Figuren, Märkte, Landschaften, Thiere etc. mit viel Zierlichkeit. Er hat auch etliche gut radirte Blätter geliefert. Angeblich haben ihn verdriessliche häusliche Umstände gezwungen, nach London zu gehen, wo er 1740 starb.

⁴) Franz Werner Damm wurde schon an einer anderen Stelle besprochen.

v. Erlach angelegt und von seinem Sohne ganz ausgeführt wurden, ward die ordnungsmässige Baukunst allgemeiner gemacht, und durch dergleichen edle und gemeinnützige Unternehmungen trugen diese hohen Herren ungemein Vieles zur besseren Ausbreitung des guten Kunstgeschmackes bei.

Zur Verzierung der Paläste wurden einige italienische Künstler nach Wien berufen, die während ihres Aufenthaltes daselbst auch Vieles zur Besserung des allgemeinen Kunstgeschmackes beiwirkten und unter denen sich der Historienmaler Anton Bellucci[1]) durch die auf Leinwand gemalten allegorischen Deckenstücke des grossen Saales und der an solchen befindlichen zehn Zimmer, in denen sich die prächtige Gemäldesammlung des fürstlich Liechtenstein'schen Majoratshauses befindet, vorzüglich auszeichnete: man findet in diesen Werken eine ungemeine dichterische Einbildungskraft, eine reiche und gefällige Anordnung, eine grosse stilisirte Zeichnung nebst einem kräftigen und anmuthigen Colorit.

Die übrigen aus Italien nach Wien berufenen Künstler waren in ihren verschiedenen Fächern weit unter diesem Bellucci und besassen, wie wir aus ihren Werken ersehen können, mehr die mechanischen als die reinen ästhetischen Grundsätze ihrer Kunst.

Die Maler hatten zwar eine ungemeine Leichtigkeit, aber wenig Scharfsinn in der Erfindung und Anordnung, viel Kühnheit, aber wenig Richtigkeit in der Zeichnung, ein schimmerndes, aber niemals wahres Colorit; hingegen eine ungemeine Behendigkeit in der Ausführung grosser Werke. Obschon man daher diesen Ausländern eigentlich keine wahre Verbesserung des Kunstgeschmackes in Wien zu verdanken hat, so trugen ihre mannigfaltigen grossen Werke dennoch Vieles bei, die Liebhaberei in dieser Residenz allgemeiner zu machen, und das kühne und anmassende Betragen der meisten dieser Ausländer hatte die Folge, dass auch die niederländischen Künstler nach und nach bei dem feineren Theil des Publicums in ein besseres Ansehen kamen.

---

[1]) Anton Bellucci, geb. in Venedig 1654, ward um 1709 nach Wien berufen, vom Kaiser Joseph I. zum Hofmaler ernannt und starb nach seiner Rückkehr von Italien in Soligo 1726.

Inzwischen ward durch die Verwendung des Grafen Gundacker v. Althan im Jahre 1726 die Akademie nach neunjähriger, fast ununterbrochener Unthätigkeit wieder in Wirksamkeit gesetzt und derselben der niederländische Maler Jakob van Schuppen[1]) als Director vorgesetzt; nicht lange hernach folgte auch die Errichtung der Maler- und Bildhauerclasse, sowie auch die der Architektur, und somit wurde stufenweise alles verbessert und vermehrt, was zu einem ausgebreiteteren Studium nach den damaligen Umständen nothwendig befunden ward.

Jakob van Schuppen besass im gleichen Grade das Theoretische und Praktische der Kunst; er zeichnete und malte mit Geschmack und hatte einen leichten und kräftigen Vortrag. Durch seine Bemühungen hob sich die Kunst in wenigen Jahren in Wien merklich empor. Es bildeten sich in einem Zeitraum von zehn Jahren in allen Fächern der bildenden Künste Männer, deren Werke noch in unseren Zeiten allgemein geschätzt werden. In der Malerei haben sich Daniel Gran,[2]) Paul Troger,[3])

---

[1]) Jakob van Schuppen, geb. in Paris 1669, Sohn des berühmten Kupferstechers Peter van Schuppen. Lernte bei seinem Vater und Onkel Nikolaus de Largillière (1656 bis 1746), einem berühmten Bildnissmaler seiner Zeit in Paris. Schuppen war 1704 Mitglied der dortigen Malerakademie, kam 1716 vom lothringischen Hofe nach Wien, ward 1720 kaiserlicher Hof- und Cabinetsmaler, 1726 Akademiedirector und starb in Wien am 29. Januar 1751.

[2]) Daniel Gran, geb. in Wien (nach Anderen in Mähren) 1694, gest. in St. Pölten 1757. Lernte bei Ferg und Wernle, dann bildete er sich unter S. Ricci in Venedig und Solimena in Neapel aus. Nach Wien zurückgekehrt, beschäftigte ihn Kaiser Karl VI. und der Fürst zu Schwarzenberg vielfach. Auch die Bibliothek und die Kuppelgemälde in der Kirche Borromäi und das Altarbild der „heiligen Elisabeth" in der Karlskirche zu Wien sind seine Werke.

[3]) Paul Troger, geb. zu Zell unter Welsberg im Pusterthale in Tirol am 30. September 1698, gest. in Wien 1777. Er kam mit seinem älteren Bruder nach Mailand, wo sich seiner der Laetanz Graf Firmian annahm und ihn zu dem Maler Joseph Alberti (1664 bis 1730) nach Fleims in Südtirol brachte, wo sich sein Talent entwickelte. Dann lernte er in Venedig und Bologna bei Maniago, Piazetta, G. Crespi, Solimena und S. Concha. Er kam um 1728 bis 1730 als fertiger Künstler nach Wien, kam zu Ansehen und wurde Kammermaler. Nach van Schuppen's Tod (1751) führte er mit Mich. Ang. Unterberger bis Meytens' Ernennung (1759) die Leitung der Akademie. Er malte in mehreren Kirchen und Stiften, beiden Erzherzogthümern, in Salzburg, Tirol, Mähren und Ungarn. Er radirte auch.

Michel Angelo Unterberger,[1]) Franz Christoph Janneck,[2]) Max Hennel oder Hännel,[3]) der ältere Brand (Christian Hülfgott),[4]) Karl Aigen[5]) und Johann Georg v. Hammilton[6]) rühmlich hervorgethan.

In der Bildhauerei und in der Stempelschneidekunst waren die Gebrüder Georg Raphael und Matthäus Donner,[7]) und in

---

[1]) Michel Angelo Unterberger, geb. in Cavalese in Tirol am 11. August 1695, gest. in Wien am 27. Juni 1758. Studirte die Schule Alberti's, und in Venedig bildete er sich unter Piazetta aus. Seine Bilder erfreuten sich grossen Beifalls; er kam 1738 nach Wien, wo er sich bald bemerkbar machte. Nach van Schuppen's Tod leitete er mit Paul Troger die Akademie (1751 bis 1759). Er wirkte bis zu seinem Tode in Wien, wo er sich der besonderen Huld der Kaiserin Maria Theresia erfreute.

[2]) Franz Christoph Janneck, geb. in Graz am 4. October 1703, gest. in Wien 1761. Er lernte bei M. Vangus, später kam er nach Wien, wo er Assessor der Akademie der bildenden Künste wurde und als solcher, 58 Jahre alt, starb. Er malte Landschaften, kleinere Genrestücke, die er mit Fleiss, Wahrheit und Geschicklichkeit ausführte, die in Kirchen, Galerien und Privatsammlungen zerstreut sind.

[3]) Max Hennel oder Hännel, Geburts- und Sterbeort ist unbekannt. Seine besten Arbeiten sind die in Oel und Pastell um 1730 bis 1742.

[4]) Christian Hülfgott Brand der Aeltere, geb. in Frankfurt a. d. Oder 1695, gest. in Wien 1750. Lernte auf einer Reise nach Regensburg den berühmten Maler Ch. L. Agricola kennen und entschloss sich zur Landschaftsmalerei. 1720 begab er sich nach Wien, liess sich dort nieder und seine Arbeiten fanden bald Beifall. Beim Malen der Staffage seiner Bilder, die ein fleissiges Studium der Natur verrathen, soll ihm zuweilen der berühmte Pferdemaler August Querfurt geholfen haben.

[5]) Karl Aigen, geb. in Olmütz 1694, gest. in Wien 1762.

[6]) Johann Georg v. Hammilton, geb. zu Brüssel 1672, gest. in Wien am 3. Januar 1737. Er war der Sohn des Stilllebenmalers James Hammilton. Er kam gegen Ende des 17. Jahrhunderts nach Wien und trat mit dem fürstlichen Hause Schwarzenberg in Verbindung. So wie Daniel Gran, hat auch er sein Aufkommen und seine Carrière dem fürstlichen Hause zu verdanken. Im Jahre 1705 trat er in die Dienste des Fürsten Adam Franz zu Schwarzenberg und malte vom Jahre 1709 bis 1718 jene 30 Jagdbilder, die 1888 im Künstlerhause in Wien in der Hammilton-Ausstellung ersichtlich waren. Am 18. Mai 1718 wurde er vom Kaiser Karl VI. als Cabinetsmaler nach Laxenburg berufen, hat aber die Beziehungen zum fürstlichen Hause doch nicht abgebrochen.

[7]) Georg Raphael Donner, geb. 25. September 1693 zu Essling-Niederösterreich, gest. am 15. Februar 1741; er war ein genialer Bildhauer und der Wiederhersteller der Plastik in Oesterreich. Seine Hauptwerke sind: Die in Blei gegossenen Figuren der Klugheit und der vier Hauptflüsse Oesterreichs am

der Kupferstecherkunst die Gebrüder Andreas und Adam Schmutzer[1]) und Jakob Sedelmayer[2]) die besten damaligen Künstler Deutschlands.

Die Akademie erhielt sich ununterbrochen in ihrem Ansehen und ihrer Wirksamkeit unter van Schuppen's geschickter, sorgfältiger Leitung und unter dem Protectorate des kunstliebenden Grafen Althan. Da aber dieser seine Staatsämter niederlegte, bald darauf aber der bisherige Sitz der Akademie dem k. k. Hofbibliothekar Freiherrn van Swieten eingeräumt werden musste und kurz hernach van Schuppen mit Tode abging, so ward der Gang des Instituts auf einige Zeit zum Theil wieder unterbrochen, bis demselben im Jahre 1750 ein neuer Sitz in einem Theile der nahe an der Stadt gelegenen kaiserlichen Marställe angewiesen und der General-Baudirector Graf v. Losy als Protector vorgesetzt ward.

Das Directorat aber blieb indess unbesetzt, weil ausser Daniel Gran damals kein Historienmaler in Wien war, der mit der Geschicklichkeit der Kunst auch die zur Leitung einer Akademie nöthigen historischen Kenntnisse verband, und der zugleich durch lebhafte Thätigkeit und persönliches Ansehen

---

Brunnen auf dem Neuen Markt in Wien (1738) und der „Heil. Martinus in Pressburg. — Matthäus Donner, geb. zu Esslingen im Marchfelde 1699, gest. zu Wien am 26. August 1756. Er war ein jüngerer Bruder Georg Raphael's, widmete sich der Stempelschneidekunst und brachte es zu seltener Vollkommenheit. 1740 Professor der Bildhauerschule an der Akademie, später Münzgraveur-Scolaren-Director und Ober-Münzschneider. In dieser Stelle verblieb er bis zu seinem Tode.

[1]) Es waren eigentlich drei Brüder: Andreas, Johann Adam und Joseph Schmutzer. Geboren sind alle Drei um das Jahr 1700, gestorben alle Drei in dem Zeitraum eines Jahres nacheinander; Andreas und Joseph im Jahre 1740, Johann Adam im Jahre 1739. Sie lernten bei ihrem Vater die Graveurkunst und hielten sich später an die eigentliche Kunst des Kupferstechens. Andreas und Joseph Schmutzer arbeiteten gemeinschaftlich, während Johann Adam seine wenigen Arbeiten allein bezeichnete,

[2]) Jeremias Jakob Sedelmayer, Kupferstecher, Zeichner und Maler, geb. in Augsburg 1704, gest. ebenda 1761. Lernte bei dem Kupferstecher Pfeffel, machte grosse Fortschritte und kam später nach Wien. Hier liess ihn sein Schwager, ein Miniaturmaler Namens Keukel, sowie Caspar Füessli freundliche und förderliche Theilnahme angedeihen. Malte Bildnisse in Miniatur, Darstellungen in Wasserfarben, führte schöne Blätter mit der Feder und in Tusch aus; besonders schön sind aber seine Kupferstiche.

zum Vortheil des Ganzen hätte wirken können. Da aber Gran wegen seinen überhäuften Arbeiten das Directorat ablehnte, so wurden mittlerweile Rectoren gewählt, deren Jeder eine der Kunstclassen zu leiten übernahm, unter denen Paul Troger, Matthäus Donner und Jakob Schletterer[1]) sich um die Akademie verdient machten.

Man kann daher annehmen, dass die bildenden Künste in dem ersten Jahrzehnt des vorigen Jahrhunderts in Wien Wurzel gefasst, im zweiten zu blühen angefangen und eigentlich von diesem Zeitpunkte an sich stufenweise gehoben und verfeinert haben.

Mit dem Porträt des Freiherrn v. Schröckenstein machte Kupetzky den ersten künstlerischen Wurf in Wien, der ihm aber sehr gut gelang. Die Aufmerksamkeit lenkte sich nunmehr auf den Neuling, der mitten in fremden Verhältnissen und unter fremden Künstlern den Kampf aufs Neue aufnahm. Denn nicht blos die bereits erwähnten Künstler sind in Wien zu Ansehen gelangt, noch andere namhafte Künstler sind da gewesen, wie: Ignaz Parrocel,[2]) Thomas de Grangers,[3]) Peter v. Strudel,[4]) Martin v. Meytens,[5]) Wenzel Lorenz

---

[1]) Jakob Schletterer, Bildhauer, geb. zu Wenns im Oberinnthal Tyrols 1700, gest. in Wien am 20. Mai 1774. Er war in Wien ein Schüler des Stanetti, reiste dann nach Venedig, wo er fleissig studirte. In Wien arbeitete er später unter Christoph Mader an den zwei Denksäulen der Karlskirche.

[2]) Ignaz Parrocell.

[3]) Thomas de Grangers.

(Ueber diese beiden Künstler ist es dem Autor bisher trotz der Nachforschungen und Unterstützung von Kunstgelehrten nicht gelungen, irgend welche biographische Daten zu eruiren.)

[4]) Peter v. Strudel, geb. zu Cles im Nonsberger Thal, ehem. Kreis Trient, 1660. Ein geborner Wälschtyroler aus guter Familie, kam er um die Mitte der Achtzigerjahre nach Wien. Er lernte bei Karl Loth, war auch Bildhauer, Decorateur und Ingenieur und erfreute sich namentlich von Seiten des kaiserlichen Hofes bedeutender Aufträge. Während der Türkenkriege kam er nach Ungarn und leistete bei Ofen gute Dienste, indem er eine Wassermaschine erfunden hat. Diese bestand aus dreizehn Barken neuer Invention, welche vereinigt als schwimmende Batterie gegen die Türken zu verwenden waren. 1689 mit 3000 fl. zum Hof- und Kammermaler ernannt, seit 1701 kaiserlicher Truchsess, wurde er in demselben Jahre unter dem Namen „Strudel von Strudendorff" in des heil. Römischen Reiches erblichen Freiherrnstand erhoben. Er starb am 4. October 1714.

[5]) Martin von Meytens, Maler und der letzte Hauptdirector der k. k. Akademie der bildenden Künste zu Wien, geb. in Stockholm am 24. August 1696

Reiner,[1] Adam Friedrich Oeser,[2] Johann Michael Rothmeyer v. Rosenbrunn[3] und Andere, die bereits so ziemlich in festen Positionen waren und mit denen er den Kampf aufnehmen musste, um seinem Können und Wissen Geltung zu verschaffen.

(nach Anderen 1695, auch 1698, gest. in Wien am 26. März 1770. Lernte bei seinem Vater, dem königlich schwedischen Hofmaler Peter Martin von Meytens, begab sich noch sehr jung nach Holland und von dort 1714 im Gefolge des Königs Georg I. nach England, wo er sich in der Miniatur- und Schmelzmalerei ausbildete. Im Jahre 1717 reiste er nach Paris, wo er sich einen Namen machte. Er malte den Herzog von Orleans, den König Ludwig XV., den eben damals dort anwesenden Czar Peter I., der ihn nach Petersburg rief, dessen Einladung er aber ablehnte. Er machte eine Reise nach mehreren Höfen Deutschlands, besuchte Dresden, Wien, kam dann nach Italien, wo er sich in Venedig und Rom aufhielt. Bis jetzt malte er nur in Miniatur und in Email. Erst in Rom lernte er in Oel malen. Im Jahre 1726 kam er nach Wien, wurde da kaiserlicher Kammermaler und von der Kaiserin Maria Theresia besonders ausgezeichnet. Nach van Schuppen's Tod (1751) wurde er Director der Akademie und blieb in dieser Stellung bis zu seinem Ableben.

[1]) Wenzel Lorenz Reiner, geb. in Prag 1686, gest. ebenda am 9. October 1743. Lernte bei seinem Vater, dem Bildhauer Joseph Reiner, zeichnen, später copirte er Bilder und arbeitete bei dem Maler Schweiger in Prag drei Jahre. Nachher eröffnete er sich ein Atelier und man überhäufte ihn mit Bestellungen, da er sich schon zur Zeit, als er bei Schweiger arbeitete, einen guten Ruf erworben hat. Er malte dann kleine Fresken und Staffeleibilder, arbeitete ungemein rasch und erwarb sich ein grosses Vermögen, das jedoch im Jahre 1741 von den feindlichen Heeren, die in Böhmen eindrangen, durch Brandschatzungen und Sturm verloren ging.

[2]) Adam Friedrich Oeser, Maler, geb. in Pressburg am 18. Februar 1717, gest. in Dresden am 18. März 1799. Lernte an der Akademie in Wien und bei Raphael Donner und reiste mit diesem zwei Jahre in Italien. Er lernte anfänglich die Bildhauerei, und erst 1739 entschied er sich in Dresden für das Malerfach und lernte unter Sylvestre die Frescomalerei. Im Jahre 1744 erhielt er einen Ruf nach Petersburg, aber der Tod der Kaiserin Anna hinderte ihn, dem Ruf zu folgen. Er ging im Jahre 1763 nach Leipzig, wurde da Director der Akademie, wo er viele tüchtige Schüler bildete. Hier war auch Wolfgang Goethe sein Schüler. Später wurde Oeser sächsischer Hofmaler.

[3]) Johann Michael Rothmeyer (auch Rottmayr oder Rothmayr) von Rosenbrunn, Maler, geb. zu Laufen bei Salzburg um 1660, gest. in Wien am 25. October 1730. Er kam 1685 nach Wien, war später in Venedig, wo er bei Johann Karl Loth (Carlotto) lernte. Nach Wien zurückgekehrt, war er Hofmaler bei Kaiser Leopold I. und Kaiser Joseph I. und Kammermaler bei Kaiser Karl VI. Im Jahre 1704 erhielt er den Adelstand mit Prädicat.

Inmitten dieser Künstlergemeinde stieg Kupetzky von Stufe zu Stufe empor, und bald hatte er den Auftrag erhalten, den Fürsten Adam v. Liechtenstein zu porträtiren.

Das Bild, ein Kniestück, stellte den Fürsten in Lebensgrösse dar. Es war ein mit besonderem Fleiss gemaltes Bild, die Lebenstreue, das meisterhafte Colorit und die ausgesprochene Charakteristik erregten überall Bewunderung. Durch die hohe Stellung des Fürsten Adam Liechtenstein ist das Bild dem Hofe zu Gesicht gekommen. Kaiser Joseph I., der in der Malerei bei Johann Michael Rothmeyer Unterricht genommen und grosses Interesse für die Kunst zeigte, so auch seine Gemahlin, die Kaiserin Wilhelmina Amalia, die Prinzen des Hofes, sowie auch die Gesandten der fremden Höfe, zollten dem Meister Beifall, womit nicht blos sein Ruhm, sondern auch sein zukünftiges Glück begründet war.

Der Kaiser Joseph I., die Kaiserin Wilhelmina Amalia, die übrigen Mitglieder des Hofes, sowie viele Personen vom Hofe liessen sich bei Kupetzky porträtiren, obzwar er in seinem Benehmen nichtsweniger als liebenswürdig war. Füessli, der Biograph Kupetzky's, sagt selbst über den Künstler[1]), die genannten höchsten und hohen Persönlichkeiten „fanden sich trotz seines nicht allzueinnehmenden Umgangs (in diesem Stücke war er kein schöner Geist) gezwungen, ihn hoch zu schätzen".

Ob dieser Johann Caspar Füessli dieses Benehmen des Künstlers miterlebt hat, kann nicht bestimmt werden; wahrscheinlich ist es schon, da sich Kupetzky, wie wir sehen werden, auch Kaiser Karl VI. gegenüber nicht anders benommen hat. Wir stellen diese Vermuthung bezüglich Johann Caspar Füessli's deshalb auf, weil er um diese Zeit als angehender Künstler nach Wien reiste, um bei Kupetzky zu lernen.

Neben der Auszeichnung und der Freude, die dem Künstler seitens des kaiserlichen Hofes zu Theil wurde, musste ihm der Umstand eine zweite Freude mitbringen, dass er den Sohn seines einstigen Gönners in Rom, des Mathias Füessli, bei sich als seinen Schüler in Wien wusste. Wenn auch Kupetzky zuweilen rauh war, sein Herz, sein Gemüth musste doch stets edel gewesen sein, denn voll Dankbarkeit für den alten Füessli

[1]) Fuessli, l. c. S. 24.

wusste er dessen Sohn derart an sich zu fesseln, dass zwischen Meister und Schüler ein Band innigster Freundschaft entstand, das Füessli mit geringen und kurzen Unterbrechungen bis an seines Meisters Tod an dessen Seite fesselte.

So wurde Johann Caspar Füessli[1]) der beste Freund und der Biograph des Johann Kupetzky.

Obzwar das günstige Urtheil des kunstsinnigen Kaisers auf des Künstlers Zukunft von entscheidendem Einfluss war, so waren diesem die Bitternisse doch nicht erspart geblieben, die an Freude und Glück gewöhnlich anhaften. Die übrigen Künstler Wiens, die am kaiserlichen Hofe beschäftigt waren und die in Folge der vielfachen Beschäftigung Kupetzky's sich zurückgesetzt fühlten, konnten nicht ohne Neid das Glück des Neulings mit anschauen. Diese Neider sorgten schon für die bitteren Pillen, die Kupetzky zuweilen verschlucken musste, und schmiedeten unermüdlich an ihrem Rachewerk, bis es ihnen gelang, dass Kupetzky später aus Angst und Verzweiflung von Wien flüchtete.

---

¹) Johann Caspar Füessli, geb. in Zürich 1707. Lernte bei seinem Vater (Mathias Füessli), einem mittelmässigen Maler. Seine erste Reise führte ihn nach Wien, wo er Gelegenheit hatte, bei Kupetzky zu studiren. Nachher arbeitete er am Hofe zu Rastatt. Später kehrte er in sein Vaterland zurück, malte dort viele Bildnisse und legte sich daneben, vermittelst eines unermüdeten Briefwechsels von vielen Jahren, auf die Kenntniss der Künstlerhistorie in Absicht auf die Schweiz, wovon er nach und nach vier starke Octavbände herausgab. Man hat auch von ihm die Lebensgeschichte Georg Philipp Rugendas und Johannes Kupetzky's (Zürich, 1758), zwei der besten Maler in Deutschland im XVIII. Jahrhundert. Er führte auch eine starke Correspondenz mit vielen auswärtigen Künstlern und Kunstliebhabern. J. J. Haid, V. D. Preissler, J. D. Sauter u. s. f. haben nach seinen Bildnissen radirt.

V.

(Wieder der Apokryph. — Kupetzky's Heirat. — Beim Czaren Peter I. in Karlsbad. — Unglückliche Ehe. — Die Bilder in Bösing. — Beim Fürsten Rákóczy. — Rembrandt als Vorbild. — Beschäftigung am Wiener Hofe. — Die Flucht nach Nürnberg.)

Als Fortsetzung des Briefes Kupetzky's an seine Eltern theilen wir auch den zweiten Theil desselben hier mit, um gewisse Irrungen zu berichtigen, die zu einem Missverständniss führen könnten. Dieser Brief ist in Zsilinszky enthalten, der Kupetzky 1701 von Italien nach Wien ziehen lässt und ihn 1703 Vater eines Sohnes nennt.

„Endlich", sagt er, seine Lebensgeschichte fortsetzend, „bin ich zu meinem Meister Klaus nach Luzern gegangen, der mein zweiter Vater wurde und habe seine Tochter Susanna[1]) geheiratet, die mich liebt und ehrt. Segnet auch Ihr, liebe Eltern, diesen Ehebund, wie es Meister Klaus gethan, und verzeihet mir meinen Fehler,[2]) damit die Freude meines

---

[1]) In unserem am 28. Jänner 1889 im „Wissenschaftlichen Club" zu Wien über Kupetzky gehaltenen und im Februarhefte der „Ungarischen Revue" zu Budapest veröffentlichen Vortrag nannten wir sie Katharina, da wir diesen Namen in den Quellenschriften vorgefunden haben. Füessli nennt den Namen überhaupt nicht. Erst später ist es uns gelungen, durch die freundliche Intervention des Herrn k. k. Oberkirchenrathes Dr. v. Witz in Wien die amtlichen Auszüge der Matrikel aus Nürnberg zu erhalten, die wir an einer späteren Stelle veröffentlichen und aus welchen die Richtigkeit des Namens hervorgeht.

[2]) Kupetzky war Böhmischer Bruder, wurde aber immer für einen Protestanten gehalten; man hielt es zu jener Zeit für eine Sünde und ein Unglück, dass er eine Katholikin geheiratet hat.

Herzens vollkommen sei. Ich lebe jetzt hier in Wien am kaiserlichen Hofe, und sobald ich das Porträt Ihrer Majestät der Kaiserin vollende, ist es meine Absicht, sofort nach Bösing zu kommen, um Euch mit meiner Frau und mit meinem Kinde zu besuchen. Der Bürgermeister der Stadt wird Euch in meinem Namen zehn Ducaten auszahlen, damit Ihr Eure alten Tage auffrischt. Gott erhalte Euch noch lange, dies wünscht Euch vom Herzen Euer treuer Sohn Johann."

Dieser pietätvolle Brief — sagt Zsilinszky[1]) — ist an einem sehr traurigen Tage in Bösing angelangt. Die gute Mutter ist, ihren verloren geglaubten Sohn segnend, gerade dann gestorben, und den Brief hat der naseweise Messner nur beim Todtenmahl unter den Thränen der Anwesenden vorlesen können. „Gerade erhob ich das erste Glas zur Erinnerung an die verstorbene Gevatterin" — schreibt Klingler — „und hielt eine schöne Trostrede an den traurigen Witwer, als Anselm, der Diener des Bürgermeisters, einen Brief mit einem grossen Siegel brachte, worin in einem schön gemalten Rosenkranz mit goldenen Lettern der Name meines Herrn Gevatters Kupetzky geschrieben stand. Diesen Brief gab ein berühmter Wiener Maler unserem Bürgermeister, der in der genannten Stadt[2]) sich am königlichen Hofe aufhält und ihn bat, denselben dem Weber Kupetzky einzuhändigen. So erzählte es der genannte Diener. Dann bat mich mein Gevatter, der weder schreiben noch lesen konnte, ich möge ihm den Brief vorlesen."

Nachdem Kupetzky den Kaiser Joseph I. gemalt (also eine spätere Zeit als Zsilinszky angiebt), berichtet Füessli:[3]) „Jetzt dachte unser Künstler an seinen Vater, er bekam aber die

---

[1] Zsilinsky, l. c. S. 24.

[2]) Zsilinszky bemerkt, dass im Original der Ausdruck „guter Stadt" steht. Also muss der Brief in deutscher Sprache geschrieben gewesen sein. Auch das ist ein Grund mehr, um diesen Brief für einen Apokryph zu halten, da wir sehen werden, dass Kupetzky von seiner Frau betrogen wurde und die ihr zugegangenen Briefe nicht lesen konnte, weil er der deutschen Sprache gar nicht mächtig war. Ausserdem begnügt sich Zsilinszky einfach mit der Nennung des Messners Klingler, ohne anzugeben, wo denn eigentlich diese Aufzeichnungen sind. Wir können diese ganze Mittheilung nur als eine Mär betrachten, die sich an eine falsche Chronologie anlehnt.

[3]) Fuessli, l. c. S. 24.

Trauerpost von seinem Tode: seine Freunde hatten genug zu thun, ihm zu versichern, er sei versöhnt gestorben: ein Punkt, der ihn melancholisch machte, und der ihn dem Verdacht der Schwärmerei blossstellte." Aus dieser Stelle ist es doch klar zu ersehen, dass Kupetzky mit seinem Vater correspondirte, ihn aber noch nicht gesprochen hatte, sonst hätte er sich bezüglich der Verzeihung schon längst Gewissheit verschafft. Dass blos sein Vater citirt wird, beweist, dass seine Mutter nicht mehr am Leben war. Gewiss hat Kupetzky die Absicht gehabt, seinen alten Vater zu besuchen, aber die Reise ist in Folge der vielen Bestellungen immer verschoben worden. Kupetzky kam zwar später nach seiner Vaterstadt Bösing, aber seine Eltern waren nicht mehr am Leben, er besuchte daher nur mehr das Grab, wo sie ruhten.

Bei seinen Freunden erkundigte er sich nunmehr nach seinem Lehrmeister Klaus und erfuhr, dass derselbe schon längst todt sei; er erinnerte sich seiner Tochter, die, als er sich bei Klaus aufhielt, noch ein Kind war. Er hatte in Erfahrung gebracht, dass sie ein sehr schönes Mädchen sei, aber in sehr dürftigen Verhältnissen lebe. Der Künstler suchte die Tochter seines ehemaligen Lehrmeisters auf, fand die über das Mädchen gemachten Angaben als wahr, und voll Dankbarkeit für Klaus gab er der Tochter die Mittel, um ein anständiges Leben führen zu können. Allein das Mädchen, das Füessli ausser als schön auch als schlau schildert, erweckte in unserem Künstler edle Empfindungen, sie verstand ihn zu fesseln, aus der Neigung war die Liebe entstanden, und Meister Kupetzky führte Susanna Klaus als seine Gattin heim.[1])

Kupetzky hat bald nachher den Auftrag erhalten, die Braut des Königs Karl III. von Spanien zu malen. Es war dies die Prinzessin Wilhelmina Elisabeth von Braunschweig-Lüneburg, eine der schönsten Prinzessinnen in Europa. Das Bild war eines der vortrefflichsten Bildnisse, die Kupetzky gemalt, und da merkte man schon den entschiedenen Einfluss, den die deutsche Schule auf die Malweise Kupetzky's ausübte.

---

[1]) „Er heyrathete sie — sagt Fuessli S. 25 — ob sie gleich eine Catholikin, er aber ein eifriger Anhänger Luthers war; ein Vergehen, dass er Lebenslang bereuete.

Am 13. April 1711 starb Kaiser Joseph I. an den Blattern, und sein Bruder, König Karl III. von Spanien, eilte nach Wien, um die Kaiserkrone und die Erblanden als Kaiser Karl VI. zu übernehmen. Mit dem Thronwechsel ist keine bedeutende Aenderung in der Kunst eingetreten, denn obzwar Karl VI. viele Hof- und Cabinetsmaler seines Bruders einfach entlassen hat, so hörte der Hof doch nie auf, die Kunst zu unterstützen und den schädlichen Einfluss der französischen und italienischen Künstler zu dulden. Kupetzky wurde auch bei Kaiser Karl VI. in Gnaden aufgenommen, aber der Künstler trachtete, sich von der italienischen Kunstrichtung, die er bisher verfolgte, loszumachen und sich der gesünderen deutschen Schule anzuschliessen.

Er malte das Bild des Kaisers, das schon entschiedenere kräftige Züge aufzuweisen im Stande ist, und man könnte sagen, diese Zeit bildet die Uebergangsperiode zu jener Epoche, wo er mit kühnem Griff und Strich Rembrandt nachzustreben suchte. In des Kaisers Bild zeigt sich schon Kupetzky stark genug, um sich von gewissen schädlichen Einflüssen und Eindrücken vollständig zu emancipiren, um seiner Kunst die richtigen Wege zur Wahrheit zu ebnen.

Das Bild muss nicht blos im Lande allein bemerkt worden sein, denn bald nachher erhielt Kupetzky eine Einladung zum russischen Kaiser, der sich gerade (1716) in Karlsbad aufhielt.

Im Jahre 1716 kam Peter I. nach Karlsbad, und da er einige Gemälde des Kupetzky zu sehen und zu bewundern Gelegenheit hatte, gab er seinem Gesandten am Wiener Hof sofort Befehl, den Künstler zu ihm zu senden. Der Czar Peter I. Alexejewitsch, der Grosse, war ein Förderer von Kunst und Gewerbe. Im April 1697 machte er eine Reise ins Ausland, er ging über Riga, Mitau, Königsberg, Berlin nach Holland und arbeitete dann in gemeiner Matrosentracht auf einer Schiffswerfte zu Amsterdam und Saardam als Zimmermann, bis er den Meistertitel erworben. Anfang 1698 ging er nach England, wo er über 500 Künstler und Arbeiter aller Art in seine Dienste nahm. Die Universität Oxford überreichte ihm das Doctordiplom. Nach dem Sieg bei den Alandsinseln (7. August 1714) über die schwedische Flotte, wandte sich seine Fürsorge auch den inneren Angelegenheiten des Reiches zu. Bergbau, Handwerke, Manufacturen, Verkehr und Handel suchte er zu beleben. er legte Waisenhäuser, Schulen und Druckereien an und sorgte für Uebersetzung und Verbreitung fremder und einheimischer Schriften. Dem Verkehr sollte nach allen Richtungen Bahn gebrochen werden.

Das waren seine Vorzüge.

Seine Grausamkeit andererseits schreckte viele Menschen ab, ihm in sein Reich zu folgen.

Als er am 4. September 1698 nach Moskau kam, liess er ein schweres Strafgericht über die Strelitzen ergehen, die wieder einen Aufstand gemacht hatten. Mit eigener Hand schlug er eine Menge Köpfe ab. Auch seine ihm am 6. Februar 1689 angetraute Gattin Eudoxia Feodorowna Lapuchin hat er verstossen, und sie musste ins Kloster wandern. Seine stürmische Heftigkeit sowie die Unsitte des Trinkens nahm jedoch mit dem steigenden Alter zu. Mentschikow und die sittenlose Katharina, die 1712 von Peter als Gemalin und Czarin öffentlich anerkannt worden war, theilten sich in seiner Gunst und bewogen ihn selbst zur Verurtheilung seines Sohnes Alexei zum Tode.

Diese Einzelheiten waren Kupetzky nicht fremd geblieben. Die Einladung des russischen Kaisers, sofort nach Karlsbad zu kommen, lehnte er einfach ab. Der Czar war natürlich in der Meinung, dass es für jeden Menschen ein Glück sei, wenn er mit dem Kaiser von Russland persönlich verkehren könne, und dachte gar nicht, dass es Menschen geben könnte, die eine Einladung ablehnen würden. Auf die Vorstellungen des russischen Gesandten erklärte Kupetzky rundweg, dass er weder nach Karlsbad noch nach Petersburg gehen werde, und da der Künstler seine persönliche Freiheit viel zu hoch hielt, um sie dem Eigensinn eines Despoten einfach unterzuordnen, blieben alle Bemühungen des Gesandten erfolglos. In seiner Unterredung mit dem Gesandten machte er gar kein Hehl daraus, dass am Hofe eines Monarchen — der eine andere Ansicht als die eigene nicht duldet, der mit seiner Umgebung wie ein Tyrann umgeht — ein selbstbewusster Mann nicht bleiben kann. Bezüglich seiner Person hingegen erklärte er, dass er seine persönliche Unabhängigkeit auch für alle Schätze der Welt nicht opfern werde.

Der Gesandte getraute sich nicht, diese kategorische Antwort seinem kaiserlichen Herrn mitzutheilen, und berichtete an den Kaiser, dass Kupetzky wegen übernommener vieler Arbeiten den Wunsch des Czaren nicht erfüllen könne.[1])

Der Kaiser, der an eine Zurückweisung nicht gewöhnt war, wurde ärgerlich und trachtete erst recht, Kupetzky zu sich zu bekommen. Er wandte sich mit seiner Bitte an Kaiser Karl VI., der es mit diplomatischer Geschicklichkeit durchgeführt hat, dass Kupetzky dennoch nach Karlsbad ging. Als Kaiser Karl die Beweggründe des Kupetzky vernommen, die ihn von der Reise nach Karlsbad abhielten, beschloss er, den Künstler — zum Schein — zu seinem Cabinetsmaler zu ernennen,[2]) damit er vor eventuellen Gewaltacten geschützt sei. Kupetzky übergab die Aufsicht seines Hauses einem Freunde und reiste nunmehr, durch ein Decret geschützt, nach Karlsbad, wo er als kaiserlicher Cabinetsmaler seinen Urlaub von sechs Monaten zuzubringen wünschte. Nach Ablauf dieser sechs Monate war er verpflichtet, sich wieder in Wien einzufinden.

Wenn auch die Angelegenheit noch so glatt erledigt wurde, so hat Peter I. den Grund der Ablehnung des Künstlers dennoch erfahren und wenn ihn die Sache auch ärgerte, so musste er dennoch bedenken, dass die Bürger eines fremden Staates eine andere Behandlung beanspruchen als seine russischen Unterthanen, die an ein blindes Gehorchen gewöhnt waren. Als Kupetzky in Karlsbad ankam, übergab er seine Schriften vom Wiener Hofe. Man sagte ihm, wie der Czar nach ihm verlange, und er solle nicht erschrecken, wenn der Kaiser beim Sitzen

---

[1]) Wir wünschten in den Acten, welche diese Unterhandlungen zwischen Peter I. und seinem Gesandten am Wiener Hofe enthalten, Einsicht zu nehmen. Der gegenwärtige kaiserlich russische Generalconsul Herr C. v. Goubastoff machte uns jedoch die Mittheilung, dass zur Zeit Peter's I. eine regelmässige Gesandtschaft gar nicht bestanden hat und der Kaiser nur von Zeit zu Zeit, und zwar auf kurze Dauer, einen Gesandten nach Wien schickte. Aus jener Zeit existiren also in der russischen Gesandtschaft gar keine Papiere; ein Archiv besteht nur seit Anfang dieses Jahrhunderts, seitdem die russische Botschaft am Wiener Hofe regelmässigen Sitz hat.

[2]) Manche Autoren erwähnen einfach, dass Kupetzky 1716 vom Kaiser Karl VI. zum Cabinetsmaler ernannt wurde und nehmen diese Ernennung ganz ernst, da sie nicht erwähnten, dass diese so rasch inaugurirte Ernennung blos als Vorwand dienen sollte, um Kupetzky's Furcht zu nehmen. Dadurch entstehen Irrthümer, die sonst leicht hätten umgangen werden können, wenn man erwogen hatte, dass Kupetzky Titel und Aemter niemals angenommen hat.

sein Gesicht auf eine Art verzöge, die Jedem, der ihn nicht kennt, Schrecken einjage. Der Kaiser bemeisterte seine Aufregung und empfing den Künstler, der sich ihm nicht ohne Furcht näherte, recht freundlich.

Des Kaisers erster Wunsch war, sein Porträt malen zu lassen.

Kupetzky machte sich sofort an die Arbeit, wobei der Czar bezüglich seiner Abkunft fortwährend Fragen an ihn richtete, und der Künstler sah bald, dass die Russen Menschen seien, die — wie Füessli sagt — Seelen hätten.

Die erhaltenen Antworten haben den Kaiser ungemein interessirt. Die böhmische Abkunft der Eltern, die Geburt des Knaben in Ungarn, seine Erziehung in den Kinderjahren, seine Flucht und sein Elend haben das Interesse des Czaren so sehr gewonnen, dass er trotz seiner rohen Natur dem Künstler gegenüber sehr freundlich war. Als hätte der Kaiser — sagt Zsilinszky S. 37 — einen Verwandten seiner eigenen harten, unbeugsamen und hochstrebenden Seele entdeckt, so hatte er ihn täglich mehr schätzen und lieben gelernt. Sie sprachen böhmisch miteinander — berichtet Füessli S. 26 — und die Furcht des Künstlers verwandelte sich in Verehrung.[1]

Er konnte während des Aufenthaltes des Czaren nicht alle ihm gegebenen Arbeiten verfertigen und berief daher einen Maler aus Leipzig, David Hoyer,[2] der mit ihm arbeitete, indem er ihm beim Malen der Kleider und der Staffage half.

---

[1] Fuessli, l. c. S. 26, macht hier folgende Anmerkung: „Kupetzky sagte mir oft, er habe gegen keinen Fürsten jemals eine so heftige Neigung gefühlt wie gegen den Czar, und wenn es ihm seine Umstände erlaubt hätten, würde er mit Freuden in seine Dienste getreten seyn; auch der Czar behielt Hochachtung für ihn; er liess ihn durch seinen Gesandten nach Petersburg einladen, oder ihn bitten, ihm einen anderen tüchtigen Maler zu schicken. Kupetzky that das letztere und erwählte Donauern, der diese Einladung froh annahm." — (Donauer [Danhauer oder Donnauer genannt] ist aus Schwaben gebürtig. War anfangs wie sein Vater ein Uhrmacher, später übte er die Musik und begab sich deswegen nach Venedig. Hier lernte er die Malerei bei Sebastian Bombelli und war dessen bester Schüler. Er machte sich hernach in Petersburg ansässig, wo er auch 1733 starb.)

[2] David Hoyer, ein Bildermaler aus Leipzig, der auch zu Potsdam 1706 des Königs Bildniss malte. Bernigeroth, Leopold, Cruger, Heiss, Preisler, Schenk und Wolfgang haben nach ihm gestochen. A. M. Wolfgang

Nachher ging er, überhäuft mit Gnadenbezeugungen und Geschenken, fort, seine Furcht und das Vorurtheil gegen den Czaren verschwand, er war mit der grössten Ehrfurcht gegen ihn erfüllt, und noch in späteren Jahren sprach er seinen Freunden gegenüber mit grosser Begeisterung von dem grossen Czaren der Russen.

Zuerst wandte er sich nach Leipzig, um hier die Aufträge für den Czaren auszuführen, aber sein Aufenthalt daselbst verzögerte sich, da er die Bildnisse verschiedener Standespersonen, die sich um ihn drängten, malen musste.

Endlich, als er alle seine Arbeiten fertig hatte,[1]) reiste er in Begleitung des Malers David Hoyer nach Wien.

In demselben Jahre, also 1716, ist Kupetzky in Wien eingetroffen. Hier ward ihm eine grosse Freude zu Theil, denn er wurde von seiner Frau sehr froh empfangen und hat auch Vater-

---

hat auch ein Bild nach ihm, den König zu Potsdam darstellend, gestochen, worauf sich Hoyer als Landgraf Hessen-Kassel'scher Hofmaler nennt. Einer seiner Nachkommen scheint aber eine bedeutende Rolle gespielt zu haben, denn wir lesen in Meusel: Neue Miscellaneen, Leipzig, 1798. Achtes Stück, S. 1074: „Die Kaiserin von Russland hat dem Miniaturmaler und Professor der Akademie der bildenden Künste in Kopenhagen, dem Justizrath (?) Hoyer, der sich einige Zeit lang in St. Petersburg aufhielt, einen sehr prächtigen mit Diamanten besetzten Ring zustellen lassen."

[1]) Wir wünschten bei Zusammenstellung der Werke Kupetzky's auch die Zahl jener Bildnisse des Czaren Peter I. in Erfahrung zu bringen, die gegenwärtig in Russland sind. Der kaiserlich russische Generalconsul in Wien, Herr C. v. Goubastoff, gab uns die Adresse Sr. Excellenz des Herrn Alexander v. Wassiltschikoff, Directors der kaiserlichen Eremitage in St. Petersburg, sowie die des Kunstschriftstellers Herrn Dr. v. Grigorovitch. Nur Herr v. Grigorovitch würdigte unser Ansuchen einer Antwort, worin er uns auf ein Werk verwies, das sich mit der russischen Kunst im 17. und 18. Jahrhundert beschäftigen und demnächst erscheinen wird. Das Werk, mag es noch so gut sein, dürfte uns wenig nützen, da es in russischer Sprache erscheint. Da uns die Antwort nicht befriedigte, wandte sich Herr v. Goubastoff auf unser Ersuchen brieflich nach Petersburg und konnte uns mittheilen, dass in der Eremitage kein Gemälde von Kupetzky vorhanden ist. Ob von Kupetzky gemalte Bildnisse Peter's I. in einem der kaiserlichen Schlösser und Paläste, also in den Privatgemächern des Kaisers von Russland vorhanden sind, konnte Herr v. Goubastoff auch auf diesem Wege nicht in Erfahrung bringen. Freilich darf man nicht vergessen, dass die kaiserlichen Schlösser, Paläste und Burgen in Russland, wie die darin befindlichen Kunstwerke, gegenwärtig selbst für Russen unzugänglich sind.

freuden erlebt. Frau Susanna, die er bei seiner Abreise nach Karlsbad in gesegneten Umständen zurückliess, gebar ihm einen Sohn.[1])

Das häusliche Glück Kupetzky's erwies sich bald als eitler Trug. Susanna Klaus gehörte zu jenen Frauen, die nicht im stillen Kreise der Familie, sondern in den Passionen der grossen Welt ihre Freude suchen. Wie Zsilinszky mittheilt, war sie schon als Mädchen derart veranlagt; sie war ein schönes, lebhaftes Mädchen, Heiterkeit und gute Laune verstand sie in jeder Gesellschaft zu erwecken. Ueberall war man ihr gegenüber zuvorkommend, und diese Umstände machten sie eingebildet, kokett und anspruchsvoll. Es ist demnach natürlich, dass sich viele Männer fanden, die ihr den Hof machten. Susanna Klaus war, als Kupetzky sie in Wien aufsuchte, gerade in den Jahren, wo ein aufgewecktes, munteres, lebhaftes Mädchen ein Männerherz bald gefangen nimmt und ein jedes freundliche Wort das menschliche Gemüth mit Glückseligkeit erfüllt. Und Kupetzky, der so ziemlich ohne Gesellschaft dastand und ernstlich daran dachte, seinen eigenen Hausherd zu gründen, fragte nicht darnach, warum das Mädchen noch nicht verheiratet war, kümmerte sich gar nicht um ihre Koketterie und Religion, sein Entschluss war

---

[1]) Die Wiener Ehe- und Geburtsmatrikel der Kupetzky'schen Familienglieder konnten wir trotz eifrigen Nachforschens nicht auffinden. Zu jener Zeit hatten die Protestanten noch keine Religionsfreiheit, und somit wurde die Ceremonie für die protestantischen Gemeindemitglieder durch den Pastor der Gesandtschaften der nordischen Staaten: Dänemark, Schweden, Norwegen und England, vollzogen. Da nun Kupetzky sich diesbezüglich an den Pastor der dänischen Gesandtschaft wandte, haben wir deshalb bei dem gegenwärtigen königlich dänischen Generalconsul Herrn Emil Tutein Schritte gemacht, der uns in der freundlichsten Weise unterstützte. Da aber Kaiser Joseph II. am 11. Juni 1781 das Toleranz-Edict herausgab und somit es den Protestanten gestattet war, eigene Kirchengemeinden zu errichten, wurden die kirchlichen Ceremonien bei den Gesandtschaften der genannten nordischen Staaten aufgelöst und die Ehe- und Taufmatrikel der dänischen Gesandtschaft sammt den übrigen diesbezüglichen Documenten dem Archiv der protestantischen Kirchengemeinde übergeben. Unsere Nachforschungen im Archiv der protestantischen Kirchengemeinde waren blos insofern vom Erfolg gekrönt, als wir constatiren konnten, dass die Ehe- und Taufmatrikel blos bis zum Jahre 1726 zurückreichen. Aus den Matrikeln konnte also die Geburt des jungen Kupetzky (1716) und die noch früher stattgefundene Heirat der Kupetzky'schen Eheleute nicht constatirt werden.

fest, er hat sie geheiratet und glaubte dabei eine pietätvolle Handlung zu begehen, zumal dieser Schritt grösstentheils nur der Dankbarkeit entsprang, die er seinem todten Meister Klaus zollte.

In der ersten Zeit des ehelichen Lebens herrschte im Hause Kupetzky's die Liebe und der Frieden. Nachdem aber der Sohn geboren war, der eigentlich der Gegenstand ihrer gemeinsamen Liebe hätte sein sollen, langweilte die Frau das Familienleben, das ihr zu monoton vorkam, und sie suchte den Schereieien auszuweichen, die ihr das kleine Kind bereitete. Es zog sie hinaus in das grosse Leben der Aussenwelt, und da Kupetzky in Folge seiner grösseren Unternehmungen oft gezwungen war, seine Frau von Zeit zu Zeit allein zu lassen, stieg sie in den Morast hinab, sie interessirte sich für Liebesabenteuer und endlich ist sie ihrem Mann untreu geworden.

Als Kupetzky aus Karlsbad zu seinem Freund Hoyer nach Leipzig reiste, hat er schon da durch Vermittlung eines seiner Freunde in Wien Briefe bekommen, die ihm von diesem Treiben seiner Frau — wenn auch recht dunkel — Mittheilung machten und ihn veranlassten, seine Reise nach Wien zu beschleunigen. Die Beweise liessen nicht lange auf sich warten, denn die Briefe, die seine Frau mit einem seiner angeblichen Freunde gewechselt, sind in seine Hände gerathen. Der Verführer war der bereits erwähnte Freund, Ephraim Schlickeisen, Legationsprediger bei der königlich dänischen Gesandtschaft in Wien, dem er vor seiner Reise nach Karlsbad die Aufsicht seines Hauses anvertraute. „Da er nicht Deutsch lesen konnte" — schreibt Füessli[1])

---

[1]) Füessli, l. c. S. 27. Da Kupetzky 1709 nach Wien kam und dieser Fall sich 1716 ereignete, so ist es doch erstaunlich, dass Kupetzky während dieser sieben Jahre die deutsche Sprache nicht erlernt hat. Jedenfalls ist es nur ein Beweis, dass Kupetzky jenen Brief an seine Eltern, auf den sich Zelinszky beruft und den er auch wiedergiebt, nicht geschrieben hat, da er also dieser Sprache nicht mächtig war. Freilich ist es noch erstaunlicher, dass Kupetzky, der in der Religion, Sitte und Sprache seiner Eltern erzogen wurde und noch als Kind das Elternhaus verliess, nach so vielen Jahren die böhmische Sprache nicht vergessen hat, da er in Karlsbad mit dem Czar böhmisch sprach. — Bezüglich der Ehe Kupetzky's macht Zelinszky sogar die geradezu unglaubliche Mittheilung, dass Susanna Klaus in Luzern wohnte und dass Kupetzky von Wien nach Luzern reiste, um das Mädchen zu ehelichen; eine Mittheilung, die auf Glaubwürdigkeit unmöglich Anspruch erheben kann.

— musste Hoyer die Briefe ihm vorlesen, die seine Ruhe auf einmal störten.

Doppelt schmerzte es den Künstler, dass der Verführer ein Mann war, den er bisher als seinen Freund betrachtete. Ganz entrüstet verbot er dem Prediger sein Haus, hielt mit Hoyer Rath ab und beschloss, die treulose Frau für immer von sich zu stossen und dafür zu sorgen, dass sie nicht mehr an ihren Liebhaber denke. Es entstand eine Rührscene, und bitterer Abschied vollzog sich. Die schlaue Frau jedoch, die auf die Schwäche ihres Mannes speculirte, erbat sich eine zweitägige Frist, um ihre Angelegenheiten zu ordnen. Die Frist wurde ihr bewilligt. Die zwei Tage jedoch benützte sie dazu, um ihren erbitterten Mann auf irgend eine wirksame Art zu versöhnen. Sie löste ihr schönes langes Haar auf und erschien im Kleide einer Büssenden vor ihm, in der Hand hielt sie Arndt's wahres Christenthum,[1]) die Augen waren voll Thränen. Sie berief sich auf seine Jugendliebe, die die ersten Jahre ihrer Ehe mit Glückseligkeit erfüllte; sie berief sich auf seine väterliche Liebe und empfahl ihm ihren Sohn, segnete ihr Schicksal, das so gnädig gewesen wäre, ihr die Augen in Ansehung ihrer Religion zu öffnen, und bat, dass man sie in der lutherischen unterweisen möge. Kupetzky war durch die List der Frau besiegt; aber nicht, wie Füessli meint, durch ihre Neigung zu seiner Religion, da er „zu eifrig für seinen Gottesdienst war", denn er war ja kein Protestant; vielmehr haben ihn die Thränen der schönen Frau erweicht. Er vergab ihr ihre Sünde und hob sie wieder zu sich empor. Der Prediger des dänischen Gesandten unterrichtete die Neubekehrte,[2]) sie war sehr eifrig und des Vergangenen ward nicht mehr gedacht.

Die Scene, als Frau Susanna vor Kupetzky stand, um ihn durch List und Abbitte zu erweichen, hat der Künstler auf

---

[1]) Johann Arndt (geb. 1555, gest. 1621) war der Generalsuperintendent des Herzogthums Lüneburg. Sein Hauptwerk, das er in den Jahren 1605 bis 1610 in Madgeburg herausgab, hatte den Titel: „Vier Bücher vom wahren Christenthume."

[2]) Gabriel Döbröntei sagt im Erdélyi Muzeum (Siebenbürgisches Museum), 1817, VIII, S. 97, gerade das Gegentheil, indem er behauptet, Kupetzky wäre aus Liebe zu seiner Frau vom Katholicismus zum Protestantismus übergetreten. Diese Angabe ist natürlich eine ganz falsche.

einem Bilde, als ewige Warnung für seine Frau, verewigt. (S. Verzeichniss 145.)

Nun scheint wirklich eine Spanne Zeit für Kupetzky gekommen zu sein, um — wenn auch nicht seine Eltern — so doch wenigstens das Grab derselben zu besuchen und seine Vaterstadt auf eine knappe Zeit zu besichtigen. Füessli erwähnt dieses Besuches gar nicht, aber wir glauben kaum, dass Kupetzky deshalb nach Bösing gereist wäre, weil er zu seiner Heirat die Bewilligung seiner Eltern nicht erbat und weil er in der damals allgemein verbreiteten Meinung gewesen wäre, dass die Mischehe für das Familienleben nur Unglück bringen könnte. Es ist gar kein Zweifel vorhanden, dass Kupetzky, diesen feinfühligen Mann, seine unglückliche Ehe gekränkt, niedergeschlagen hat, er trachtete jedoch seinen Schmerz zu verbergen, und gewiss hat er einen edleren Charakter gehabt als seine Frau, zumal er bestrebt war, die hässlichen Scenen, die sich innerhalb der Familie abspielten, vor der Welt zu verbergen.

Wenn Kupetzky überhaupt in Bösing war, so ist er gewiss nicht mit der Absicht hingegangen, um seine Eltern aufzusuchen und ihnen durch sein Erscheinen eine Freude zu machen; denn um diese Zeit waren seine Eltern schon längst todt. Wir meinen vielmehr, dass seine Reise nach Bösing ein Act der Pietät war, um die Gräber der Eltern zu besuchen und dort Erleichterung und Linderung für sein schwergeprüftes Herz und Gemüth zu suchen. Nach Zsilinszky's Mittheilung war Kupetzky zu Pfingsten des Jahres 1720 in Bösing erschienen. Im Hause des Vaters wohnten fremde Leute, von denen er erfahren haben soll, dass auch sein Vater nicht mehr am Leben sei. Jemand erzählte ihm das Schicksal der Familie. Eine fremde Hand — sagt Zsilinszky[1]) — hat dies im Buche Klingler's sehr interessant niedergeschrieben und theilt mit, dass am Pfingstmorgen ein schön gekleideter Herr in einem eleganten Wagen in die Stadt kam. „Dann liess er mich alsbald in das Gasthaus rufen und begrüsste mich freundlich .... Er erkundigte sich viel über die Webermeister, über die Familie Kupetzky, über den verstorbenen Pfarrer und den Messner Klingler, von denen Allen ich so viel erzählte, als ich eben wusste. Dann musste ich ihn in den Fried-

---

[1]) Zsilinszky, l. c. S. 43.

hof führen, zur ewigen Ruhestätte der betreffenden (Kupetzky-schen) Eheleute, wo er sich auf die Knie warf und lange und andächtig betete: dann gab er dem Todtengräber einen Ducaten, damit er auf die Gräber Blumen setze und dieselbe pflege. Dann habe ich erst wahrgenommen, dass jener Herr der Sohn des alten Webers war, dessen guter Ruf in ganz Bösing bekannt ist."

Weiters sagt die genannte Aufzeichnung:

„Gegen Mittag sandte er dem städtischen weisen Rath ein mit sich gebrachtes, grosses und prachtvolles Altarbild, das Jesus Christus am Kreuze darstellt, als gnädige Erinnerung und zugleich als Zeichen jener Liebe, die er gegenüber seiner Vaterstadt in seiner Seele nährte. Dieses Bild wurde am Tage des heiligen Johannes in der lutherischen Kirche feierlich in den Altarrahmen gestellt und eingeweiht, bei welcher Gelegenheit ich neben der Orgel mit der Versammlung ein besonders schönes Lied sang. Alles dies geschah zu Ehren Johann Kupetzky's, der als ausgezeichneter Maler in Folge seiner Geschicklichkeit auch am kaiserlichen Hofe in hohen Gnaden stand. Er ist die Zierde und der Stolz unserer Stadt und ganz Ungarns."

Wiewohl wir wiederholen müssen, dass wir an die Echtheit dieser Tagebuchaufzeichnungen zweifeln, geben wir dennoch die Möglichkeit zu, dass Kupetzky zur genannten Zeit seine Vaterstadt besucht hat. Der Künstler, der im Hause seines Vaters gut und fromm erzogen wurde, wollte gewiss nur dem Wunsch seiner Seele entsprechen, indem er die Gräber der Eltern aufsuchte, um dort von ihren Manen die Verzeihung zu erbitten für den Schmerz, den er ihnen im Momente einer unreifen Handlung durch die Flucht verursacht hat. Mit kindlicher Pietät und Dankbarkeit liess er die Gräber mit Blumen schmücken und sorgte für deren Erhaltung; es war dies ein edler Zug seines Herzens, der sich bei solchen Menschen selten offenbart, die in einer niederen Schicht der Gesellschaft geboren, durch eigene Kraft sich zu einer bedeutenden Höhe emporgeschwungen haben.

Und gerade weil wir diese Tagebuchnotizen nicht für echte halten, hätten wir hier diesen Punkt gar nicht berührt, wenn es sich nicht um zwei Bilder des Meisters handelte, die angeblich in Bösing sind. Gerade, das heisst ausschliesslich in der ungarischen Literatur hat sich die Version mit einer grossen Bestimmtheit erhalten, als hätte Kupetzky seiner Vaterstadt das genannte Christusbild und ein Selbstporträt zum Geschenke gemacht, und noch die neueren Quellenschriften weisen auf jene zwei Originalgemälde des Künstlers hin, die sich noch heute (das Christusbild in der Sacristei der lutherischen Kirche, das Selbstporträt im Saale des Rathhauses) in Bösing befinden sollen. Diese Mittheilungen sind uns noch auf unserer Forschungsreise in Berlin zugegangen, und als wir später, im Juli 1886, in Bösing waren, um Archivstudien zu machen, benützten wir die Gelegenheit, diese beiden Bilder zu besichtigen. Nach genauer Untersuchung fanden wir, dass das Selbstporträt, welches im Saale des Rathhauses zu Bösing ist, eine gute Copie jenes Selbstporträts des Künstlers ist, das heute, leider in Folge von Raummangel, blos im Bodenraum der Bildergalerie der königlichen Museen zu Berlin, neben dem Porträt der Tochter des Künstlers, ebenfalls von Kupetzky gemalt, an der Wand gelehnt, liegt.

Später hat ein sogenannter „Restaurator" diese gute Copie gründlich verdorben, und heute befindet sich das Bild, voll mit Speck- respective Glanzflecken, in einem traurigen Zustand. Durch die freundliche Intervention des Bürgermeisters Herrn Andreas Eissele wurde uns die Sacristeithür der lutherischen Kirche geöffnet und somit auch das Christusbild zugänglich gemacht. Leider befindet sich aber das Bild so weit zurück in der Ecke, dass das Tageslicht kaum hindringen kann, künstliches Licht aber nicht zu dem erwünschten Resultat führen konnte, so dass wir nicht in der Lage waren, uns ein bestimmtes Urtheil über das Bild machen zu können. Wenn wir aber einige Zeichen als Richtschnur unseres Urtheils nehmen dürften, so wären wir der Meinung, dass dieses Christusbild nicht von Kupetzky gemalt ist.

Damit wollen wir aber durchaus nicht behaupten, als hätte Kupetzky gar kein Altarbild gemalt und der lutherischen Kirche seiner Vaterstadt geschenkt; denn dass er auch religiöse Bilder malte, beweist doch „Der Heiland", die „Heilige Maria", der „Heilige Joseph", die „Heiligen Apostel", der „Heilige Paulus", der „Heilige Bartholomäus mit dem Messer in der Hand", der „Heilige Johannes", der „Heilige Petrus", die „Heilige Magdalena", die „Büssende Magdalena", der „Heilige Franciscus" etc., die er gemalt hat; und dass er zur genannten Zeit in seiner Vaterstadt

Bösing erschien, um die Gräber seiner Eltern zu besuchen, ist
ebenso glaubhaft, als dass er aus Pietät und Dankbarkeit der
Kirche jener Stadt ein Christusbild gemalt und geschenkt hat,
wo die Gebeine seiner Eltern ruhen. Aber ebenso ist es auch
sehr wahrscheinlich, dass — wenn er die Schenkung überhaupt
machte — das genannte Altarbild von Bösing weggekommen
ist, aber es ist ganz unbekannt, wo sich das Gemälde heute
befindet.

Wie lange Kupetzky zur genannten Zeit sich in Bösing
aufgehalten hat, darüber geben uns die genannten Aufzeichnungen keine Aufklärung. Es muss sein erster und zugleich
letzter Besuch in Bösing gewesen sein, und wir begegnen ihm
nur noch einmal auf ungarischem Boden, das ist am Hofe des
Fürsten Franz Rákóczy II.

Ueber diesen Punkt beobachtet Füessli vollständiges
Schweigen, obzwar es als erwiesen betrachtet werden muss, dass
eine Begegnung zwischen dem Fürsten Franz Rákóczy II. und
Johann Kupetzky stattgefunden hat, da wir zwei Porträts dieses
Fürsten kennen, die Kupetzky gemalt hat. Eines dieser Porträts
befindet sich heute im Besitz Sr. Excellenz des Herrn Grafen
Edmund Zichy v. Vásonykeö in Wien, das andere ist im
Germanischen Museum zu Nürnberg. Dieses letztere Bild
war in der Galerie bis vor nicht langer Zeit als das „Porträt
eines ungarischen Magnaten" bezeichnet, bis der ungarische
Historiker und Akademiker Koloman v. Thaly, ein Specialist
der Rákóczy-Epoche, das Porträt zu Gesicht bekam, es sofort
erkannte und die Abänderung der Bezeichnung veranlasste.[1])

Dass sich der Fürst vielleicht in Wien malen liess, wird
zwar kaum möglich gewesen sein, denn wenn er sich auch in
Wien aufgehalten hat, so dürften ihn politische Verhandlungen

---

[1]) Ausser diesen zwei Rákóczy-Bildern existirt noch eines, das von Vielen
für echt gehalten wird. Es befindet sich dieses Bild in der Freiherrlich
v. Bruckenthal'schen Gemäldegalerie zu Hermannstadt in Siebenbürgen, und ist dasselbe analog demjenigen im Besitz des Grafen Zichy in
Wien. Jedoch ist das Hermannstädter Bild blos eine Copie des Wiener Bildes,
worüber uns auch der Katalog: „Die Gemäldegalerie des freiherrlichen v. Bruckenthal'schen Museums in Hermannstadt. Hermannstadt, 1844", Aufklärung giebt.
Der Autor dieser Copie war der Maler Martin Stock, ein Siebenbürger Sachse,
der zu Ende des 18. Jahrhunderts blühte.

hierher geführt haben, und somit war kaum Gelegenheit vorhanden, sich porträtiren zu lassen. Eher ist es möglich, dass Kupetzky an den Hof des Fürsten Franz Rákóczy II. berufen wurde, da dieser Fürst eine ganze Künstlercolonie an seinem Hofe beschäftigte.

Hierüber giebt uns Koloman v. Thaly[1] interessante Mittheilungen.

Nachdem er über die Musik und Musiker am Hofe gesprochen, berichtet er weiter: Die Entwickelung der Medaillen- und Wappen-Graveurkunst beweisen am besten die prachtvoll gravirten Siegel des Rákóczy, sowie jene drei grossen meisterhaften Ehrenmedaillen, die wegen ihrer Schönheit noch heute von bedeutendem Werth für den Numismatiker sind. Die geistreiche Inschrift derselben hat der Fürst selbst festgestellt, er selbst gab seinem Graveur die Idee zu den Emblemen und liess sich sogar die Zeichnungen zu dem gewöhnlichen Gelde behufs Genehmigung vorlegen. Der Meister der genannten drei grossen Medaillen, Daniel Varró (Varon), erhielt vom Fürsten für die Ausarbeitung der Matrize je einer solchen Medaille ein Honorar von 200 fl. Ausser diesem sind noch zwei ungarische Graveure zu erwähnen: Andreas Ötvös aus Debreczin und Daniel Ocsovay, der beim Münzamt zu Nagybánya (Neustadt) in Verwendung war und dessen Gehalt Rákóczy zu Ende des Jahres 1705 mit 100 rheinischen Gulden verbesserte. Diese Matrizenschneider nannte man „Musterschneider". Der Fürst hatte auch an fein gearbeiteten Edelsteinen, Cameen, seine rechte Freude. Rákóczy hielt sich in seiner Jugend lange Zeit in Italien auf; hier wurde er nicht blos ein Liebhaber der Malerei, sondern auch ein berufener Kritiker der Kunst. Der sehr eifrige Katholik Forgách wirft ihm nämlich vor: „Der Fürst ist nicht gut päpstlich; den wenn er in die Kirche geht, bekrittelt er, wie die heiligen Bilder gemalt sind, statt dieselben andächtig anzubeten." Kupetzky — sagt weiters Thaly — der einen europäischen Ruf hatte, war der Hofmaler des Vaters vom Fürsten.[2]

---

[1] Koloman v. Thaly, Irodalom-és miveltségtörténeti tanulmányok a Rákóczy-Korból. (Literatur- und culturhistorische Studien aus der Rákóczy-Epoche). Budapest, 1885. S. 47 und 48.

[2] Dies behauptet auch Zilinszky, indem er auf S. 30 sagt: „Zu dieser Zeit malte Kupetzky die bekannten Porträts des Fürsten Franz Rákóczy II. und

Der Fürst selbst hielt während des Krieges den Adam Mányoky[1]), einen ebenfalls sehr geschickten Maler, der später einen europäischen Ruf erlangte, bei sich und gab ihm nebst ganzer Verpflegung ein Jahresgehalt von 900 fl. Denselben schickte er nachher behufs weiterer Ausbildung in das Ausland, und als er später selbst nach Polen flüchtete, empfahl er seinen Lieblingsmaler der Gnade des Königs August. Ausser diesen Künstlern wirkten noch an seinem Hofe: Gottlieb Jakob Bogdán,[2]) ein

seines Vaters, des Fürsten Franz Rákóczy I." Nur versetzt Zsilinszky Kupetzky's Aufenthalt beim Fürsten (S 29) auf 1706, zu welcher Zeit Kupetzky noch in Italien war. Ausserdem irren sich beide Autoren, Thaly und Zsilinszky, wenn sie behaupten, dass der Künstler auch den Fürsten Franz Rákóczy I. gemalt hat: denn wie uns Franz Kazinczy (Utazásai [Seine Reisen], Pest, 1873, S. 98) mittheilt, ist Franz Rákóczy I. am 8. Juli 1676 in Zboró gestorben, also zu einer Zeit, wo Kupetzky gerade neun Jahre alt war. Das allein schliesst schon die Möglichkeit aus, dass er von Kupetzky gemalt wurde.

[1]) Adam Mányoky, ein ungarischer Edelmann aus Szokoly in Ungarn. Lernte bei Adam Scheiz und studirte nach Nikolaus de Largillerie. Er arbeitete einige Zeit im Dienste des Fürsten Rákóczy II., der ihn in häuslichen Angelegenheiten nach Holland sandte; diesen Anlass benützte Mányoky, um sich in seiner Kunst besser einzuarbeiten. Um 1718 war er in Dresden, ging von da um dieselbe Zeit nach Berlin („Magaz. der Sächs. Gesch." IV, 737), von wo er sich aber wegen vertrauten Umganges mit dem Staatsbürger Clement eilends entfernen musste. (Diese Flucht versetzte hingegen Heinecke, Nachr. I, 65 u. 66, schon in 1710.) Nach dem „Magaz. der Sächs. Gesch." kehrte er sodann als Hof-Bildnissmaler nach Dresden zurück, dagegen erscheint er nach dem „Sächs. Hof- und Staatskalender" in der erwähnten Eigenschaft erst wieder 1738. Er soll auch in Warschau gearbeitet haben und ist nicht, wie de Fontenai mittheilt, daselbst, sondern in Dresden 1657 im 84., nach dem „Sächs. Curiositätencabinet" aber im 68. Lebensjahre gestorben. Ausser Porträts soll er auch Blumen gemalt haben. Als Bildnissmaler war er ganz vortrefflich; er studirte die Natur fleissig, hat mit einer zarten und durchsichtigen Touche gemalt und sich in der Carnation die sogenannte Pfirsichfarbe zu eigen gemacht. Nach ihm haben J. G. Bodenehr, Rosbacher, Bernigeroth, J. J. Haid, A. B. König, Lips, Rockstroh und L. Zucchi mehrere Bildnisse von Königen, Fürsten, Künstlern und Gelehrten gestochen. Mányoky soll auch in England gewesen sein, und nach dem Tode des Künstlers hat die Nachwelt unter einzelne seiner Bilder die Namen anderer Meister gesetzt, und so werden sie auch heute noch in London gezeigt. Da man seinen Namen im Auslande nicht aussprechen konnte, fungirt er wiederholt als Manncki, Manjuki oder Manjoki.

[2]) Jakob Bogdán, ein Vögel-, Früchte- und Blumenmaler, stammte aus einer alten ungarischen Familie; sein Vater war Abgesandter dieses Reiches am kaiserlichen Hofe. Bogdán kam nach England, wo er für die Königin

trefflicher Maler aus Kaschau, den der Fürst mit einem Weingarten in Tokaj beschenkt hat: dann der Maler Michael Mindszenti[1]) aus Erlau und ein polnischer Maler Ladislaus Mediczky[2]) aus Belényes. In der Schilder- und Fahnenmalerei hat ein unbekannter Künstler aus Kis-Szeben (Zeben) Vorzügliches geleistet.

Es ist dies ein schöner Beweis für die Kunstliebe des Fürsten Franz Rákóczy II., dass er sich mitten im Getöse der verwickelten Schlachten für das Schöne und Edle zu begeistern wusste, dass er trotz der ewigen Unruhen des Kriegslebens und der tödtenden Waffenführung Zeit und Lust hatte, sich mit der Kunst zu befassen und Künstler an seinem Hofe zu beschäftigen. Freilich wären seine Bestrebungen gewiss von einem glücklichen Erfolg gekrönt und für den Aufschwung der ungarischen Kunst von besonderer Bedeutung gewesen, hätte diese Thätigkeit in einer friedlichen Zeit stattgefunden.

Wenn man die Bilder, die Kupetzky malte, studirt, kann man genau herausfinden, dass er die Rákóczy'schen Porträts zu einer späteren Zeit malte, als Zsilinszky angiebt. Kein Künstler ist in seiner Entwickelung so schwer zu prüfen als Kupetzky, zumal die meisten Maler sich und ihrer Kunst vom Anfang bis zum Ende, wenn sie auch in ihrer künstlerischen Thätigkeit von der künstlerischen Richtung mehr oder weniger abweichen, in ihrem Grundcharakter gleich bleiben; bei Kupetzky können wir dasselbe nicht finden. Kupetzky ist als Maler, wenn auch ein eminenter Künstler, seinem künstlerischen Charakter zweimal untreu geworden, und in Folge dessen sehen wir bei ihm in drei Perioden wirklich schöne, kräftig ausgeführte, charakteristische Bilder, denen wir nicht zumuthen würden, dass sie einen und denselben

---

Anna arbeitete, und wo man noch heute in den königlichen Palästen seine Arbeiten vorfindet. Er ahmte in der Zeichnung und Färbung die Maler sehr genau nach, aber seine Gemälde sind in der Perspective fehlerhaft. Seine Werke waren sehr begehrt, so dass er sich durch seinen Fleiss gar bald einen grossen Reichthum erwarb. Allein er wurde von seinem eigenen Sohn betrogen, und dieser Betrug brachte ihn an den Bettelstab. Er starb nach einer heftigen Krankheit einen schmerzlichen Tod.

[1]) und [2]) Die Bilder der Maler Michael Mindszenti und Lalislaus Mediczky sind verschollen, und auch biographische Daten über diese ungarischen Künstler waren nicht aufzufinden. In den ungarischen Quellenschriften haben sich blos die beiden Namen erhalten, in den deutschen nicht einmal die Namen

Meister zum Autor haben, dass sie von derselben Hand gemalt worden sind. Wir wissen ganz gut, dass Kupetzky schon damals, als er in Wien bei Klaus lernte, sich von den italienischen Bildern des Carlotto angezogen fühlte, dass er später volle 22 Jahre in Italien unter dem Einfluss der italienischen Malerei wirkte und unter diesem Einfluss in dieser Strömung zum Maler reifte. Seine Bilder, die er in der ersten Zeit seines Aufenthaltes in Wien malte, sind alle unter diesem Einfluss zu Stande gekommen, und alle diese Bilder tragen den unleugbaren Stempel der damaligen italienischen Malerei: aber nicht in dem ungünstigen Lichte der modernen italienischen Schulen, sondern unter dem wohlthätigen Einfluss jener italienischen Meister, deren Werke er — wie schon erwähnt — in den Galerien der oberitalienischen Städte studirte und deren prachtvolles Colorit ihn so mächtig mit sich gerissen hat.

In Wien, wo Kupetzky den verderblichen Einfluss der modernen italienisch-französischen Schule zu bemerken Gelegenheit hatte, schwamm er sozusagen gegen den Strom und erquickte sich an den Werken der nordischen Schulen. Und gerade die vorhandenen Bilder des Fürsten Franz Rákóczy II. beweisen am besten, dass er sich schon zu dieser Zeit mit der deutschen Schule so ziemlich vertraut machte; die Auffassung seiner Bilder ist nicht mehr so weich, mild und sonnig-warm, sondern mit kräftigen, männlichen Zügen trachtet er sein Object auf die Leinwand zu bringen, seine Pinselstriche verrathen schon eine grössere Sicherheit, Kühnheit und Beherrschung der künstlerischen Mittel.

Wir kennen nur zwei Bilder des Künstlers, welche signirt sind; das eine ist sein Selbstporträt in der k. k. Belvederegalerie zu Wien. Kupetzky pflegte seine Bilder überhaupt nicht zu signiren, aber sein Selbstporträt ist uns mit der Signatur schon deshalb werthvoll, weil das Bild auch die Jahreszahl enthält.

Diese Signatur lautet:

Johan Kupezky Pinxit. 1709.

Da aber auch dieses Bild noch die Spuren des italienischen Einflusses enthält, und da weiters in Kupetzky's Kunst niemals ein Rückfall stattgefunden hat, somit nach dieser Periode des italienischen Einflusses die der deutschen und holländischen

Schule kam, so scheint uns schon dadurch, dass die Rákóczy'schen Bilder unter diesem deutschen Einfluss entstanden sind, der Beweis erbracht, dass Kupetzky nicht, wie Zsilinszky sagt, 1706, sondern erst viel später bei Rákóczy war. Unser Beweis wird noch durch die Mittheilung des H. H. Füssli[1]) erhärtet, wonach — wie schon bemerkt — Adam Mányoky um das Jahr 1718 (natürlich vom Hofe Rákóczy's) nach Dresden kam. Da wir aber wissen, dass der Fürst Franz Rákóczy II. eine ganze Künstlercolonie an seinem Hofe unterhielt und unter diesen Künstlern sich auch die ungarischen Maler Adam Mányoky, Jakob Bogdán, Michael Mindszenti, Johann Kupetzky und der Pole Ladislaus Mediczky zu gleicher Zeit dort aufgehalten haben, so steht es ausser Zweifel, dass Kupetzky um das Jahr 1718 bei Rákóczy war.

Als Kupetzky nach Wien zurückkam, schien er sich in erster Linie für die Bilder des Rembrandt zu interessiren; die wundervollen Werke dieses Meisters spornten seinen künstlerischen Ehrgeiz an und trachtete er dem Meister gleich oder wenigstens nahe zu kommen. Hatte doch Kupetzky schon in Rom eine besondere Freude daran, dass man seine wohlgelungenen Copien mit den Originalwerken verwechselte, und da er ohne besondere Schwierigkeit sich einem Meister in dessen Manier zu nähern wusste, und weil die Malweise Rembrandt's eine mächtige Wirkung auf ihn hatte, begann er in der Manier dieses Meisters zu arbeiten.

Natürlich kann hier nicht von einer knechtischen Nachahmung die Rede sein, denn er verfolgte rein künstlerische Ideale. Gerade so wie Rembrandt, hat auch er die Reize der Farben mit dem Kraftausdruck der Gestalten, das Geheimnissvolle der Schattirungen mit dem Glanz der Beleuchtung zu vereinigen gewusst und hat es auf diesem Gebiete zu einer Vollkommenheit gebracht, die geradezu staunenswerth ist. Wir haben im Besitze Sr. Excellenz des Herrn Grafen Edmund Zichy v. Vásonykeö in Wien das Porträt eines Mannes zu sehen Gelegenheit gehabt, das fast als Rembrandt-Bild gelten könnte.

Und gerade da offenbart sich die dritte Periode im künstlerischen Wirken Kupetzky's, der in seinem Leben nacheinander

---

[1]) H. H. Füssli, Allgemeines Künstlerlexikon. Zürich. 1806. II. Theil.

drei grundverschiedene Richtungen verfolgte, die voneinander ganz und gar abweichen, und eben deshalb ist es schwer, Kupetzky's Kunst zu beurtheilen, wenn man nicht Bilder aller drei Perioden studirt hat.

Gleich Rembrandt hat auch er Historien- (religiöse) Bilder gemalt; aber Landschaften, wie sie Zsilinszky[1]) wissen will, hat er wohl nicht gemalt, und auch um die Kupferstecherkunst hat er sich nicht die grossen Verdienste erworben, wie es Kölesy und Melzer[2]) wissen wollen, da er sich mit diesem Kunstzweig überhaupt niemals beschäftigt hat. Manche trachten, in seinen Werken Züge nach Michelangelo und Raphael, Andere hingegen Aehnlichkeit mit Rubens und Van Dyck zu entdecken. Alle diese Betrachtungen sind jedoch falsche Hypothesen, denn obzwar Kupetzky diese Künstler studirte, hielt er an seiner eigenen Kunst, an seiner Individualität fest, er ging auf eigenen Füssen und wollte später nur bei Rembrandt lernen. Freilich schwankte auch er zwischen verschiedenen Richtungen, bis er endlich der naturalistischen Richtung folgte, und dieser Kampf war ein harter Kampf, zumal zu jener Zeit, wo er wirklich eine grosse moralische Kraft benöthigte, um sich zu Anfang des 18. Jahrhunderts durch die verderbliche französische und italienische Strömung nicht fortreissen zu lassen, die die Kunst in Wien beherrschte.

Und das war kein geringes Verdienst, besonders zu jener Zeit, in der man die Treue und Anhänglichkeit zu der Natur und Moral als eine Sonderbarkeit auffasste.

Kupetzky war zuweilen manierirt; aber für seine Manier ist es charakteristisch, dass er blos die ausgezeichneten und charakteristischen Züge hervorhebt, wogegen er die untergeordneten Details augenscheinlich vernachlässigt. Er versteht es, in den Köpfen seiner Porträts das natürliche Schöne derart zu steigern, dass sie als ideale Bilder erscheinen; aber dieser Schein trügt, denn nichts steht ihm ferner, als der Idealismus. Aber diese wunderbare Wirkung erreicht er eben durch die geschickte Gruppirung der charakteristischen Züge. Nur das geübte Auge

---

[1]) Zsilinszky, l. c. S. 71.
[2]) Karl Vincenz Kölesy und Jakob Melzer, Ungarischer Plutarch. Pest, 1816. III. Band. S. 74.

wird diese Eigenschaft wahrnehmen, die den Werth seiner Porträts so sehr heben. In seiner Technik folgte er nicht jenen Künstlern, die das Wahre mit der grössten Detaillirung ersichtlich machen und selbst auf das kleinste Härchen gewissenhaft Gewicht legen. Er liebte es nicht, das Wesen und den Inhalt den Aeusserlichkeiten und der Form unterzuordnen.

Und gerade darin liegt das Geheimniss seiner grossen Wirkung.

Es war sein Glück, dass sein Streben nach Natürlichkeit am kaiserlichen Hofe gewürdigt wurde.

Um diese Zeit hat Kupetzky wieder einen Auftrag seitens des Hofes bekommen, und bei dieser Gelegenheit ereignete sich etwas, was des Künstlers Charakter in ein helles Licht versetzte. Füessli[1]) erzählt diesen Vorfall folgendermassen.

Die regierende Kaiserin, die überaus gütig war, ward von vielen Grossen gebeten, ihr Bild von Kupetzky malen zu lassen, jedoch dass sie sich entschliessen möge, dazu zu sitzen. Sie hatten das Glück, dass ihren Bitten willfahrt wurde. Folglich hatte Kupetzky die Ehre, die Kaiserin oft nach dem Leben zu malen. Einmal, da die Kaiserin sass, war auch der Kaiser anwesend, er lehnte sich an Kupetzky's Sessel und sah bis zum Ende zu. Das Gemälde gefiel dem Kaiser so ausserordentlich, dass er dem Maler auf die Achsel schlug und sagte: „Kupetzky, Ihr sollt unser Maler werden!"

Der Künstler antwortete nichts, machte eine tiefe Verbeugung und ging nach Hause; hier befahl er aber, dass man Niemanden zu ihm lassen solle, weil er an dem Kopf der Kaiserin arbeiten wolle. Kaum hatte er diesen Befehl gegeben, so wurde ihm auch gemeldet, der Graf v. Althan sei vor der Thüre und will sich nicht abweisen lassen. Aber auch die Anmeldung seiner Anwesenheit hätte dem Grafen nichts geholfen, wenn er nicht versichert hätte, dass er einen Befehl des Kaisers mit sich bringe.

Nun durfte Kupetzky nicht länger halsstarrig sein, der Graf wurde vorgelassen, der, weil er den Maler kannte, die ganze Angelegenheit gar nicht übel nahm und ihm mit froher Miene sagte:[2])

---

[1]) Füessli, l. c. S. 28 u. f.
[2]) Wir citiren hier wörtlich das von Füessli niedergeschriebene Zwiegespräch.

„Ich schätze mich sehr glücklich, mein Herr, dass mich der Kayser von andern erwehlet hat, ihnen zu melden, dass er sie unter den vortheilhaftesten Bedingnissen, die sie sich selbst bestimmen können, zu seinem vornehmsten Maler machet."

Kupetzky antwortete auf diese Ansprache nichts; der Graf, welcher glaubte, der Künstler könne vor Freuden nicht reden, fragte:

„Was soll ich dem Kayser sagen?"

„Sagen Eure Excellenz," war seine Antwort, „dass ich mich für diese Gnade unterthänigst bedanke; dass ich aber um Verzeihung bitte, weil ich solche nicht annehmen kann; denn ich bin fest entschlossen, von keinem Menschen abzuhangen; will der Kayser mir eine Gnade erweisen, so bitte ich ihn um nichts, als dass er gnädigst geruhen möchte, mich, meine Frau und Kind, bey unserm Gottesdienst zu beschützen!"[1]

Der Graf war natürlich über diese Antwort nicht wenig erstaunt, allein all sein Zureden half nichts. Er kehrte voll Unwillen nach dem kaiserlichen Hof zurück und der Prinz Eugen von Savoyen, den Kupetzky ebenfalls gemalt hat, war gerade beim Kaiser. Der Kaiser fragte den Grafen um Kupetzky's Antwort; dieser zuckte die Achseln und hat getreu Bericht erstattet. Der Monarch war entrüstet, bemeisterte aber bald seinen Zorn und sagte ganz kalt:

„Kupetzky ist ein geschickter Maler, aber in seiner Aufführung ein Narr!"

Warum Kupetzky ablehnte, besprechen wir später.

Natürlicherweise gab diese unerwartete Ablehnung bei Hofe viel Stoff zu sprechen, und Jedermann besprach die Handlungsweise Kupetzky's nach bestem Gutdünken. Die Meisten haben es dem Künstler sehr übel genommen, und nur der Prinz

---

[1] Thatsache ist es, dass Kupetzky niemals einen Hoftitel oder ein Amt angenommen hat. Wir haben Gelegenheit gehabt, im geheimen Hofarchiv und im Archiv des Reichsfinanzministeriums zu Wien in den Aufträgen, Berichten und Rechnungen zu forschen, aber dem Namen Kupetzky's begegneten wir niemals und nirgendwo. Es steht demnach ausser Zweifel, dass die Bestellungen bei Hofe an Kupetzky durch ein Hoforgan mündlich erfolgen mussten und die Bezahlung der gelieferten Bilder ohne schriftlichen Verkehr oder Vermittlung geschah, denn sonst wären diese Schriften den Acten der betreffenden Jahre beigeschlossen.

Eugen von Savoyen versicherte ihm, während er ihn malte, seines Beifalls. Der Prinz sprach es offen aus, wie glücklich Kupetzky als Privatmann gegenüber den sogenannten Grossen sei, die bei einem sorgenvollen Leben den Anfällen des Neides beständig ausgesetzt wären.

Jedoch die Verfolgung der Neider, seiner Künstlercollegen, blieb auch Kupetzky nicht erspart. Diese Künstler sahen, wie Kupetzky, durch die Gnade und Gunst des Hofes ausgezeichnet, in seinem Ansehen immer mehr emporsteigt, und dadurch fühlten sie sich zurückgesetzt. Sie trachteten alle Hebel in Bewegung zu setzen, um den ihnen unbequemen Künstler aus dem Weg zu schaffen, und bald haben sie auch ein wirksames Mittel ersonnen.

Die Religion war es, womit man ihn ängstigte und vertrieb.

Einer seiner „guten Freunde", der selbst Lutheraner war — Füessli nennt seinen Namen nicht — und sich als Kupetzky's bester Freund stellte, hat ihm voll Vertrauen und unter dem Schein der Liebe und Sorgfalt die Mittheilung gemacht, er (Kupetzky) könne mit Weib und Kind in die Hände der Inquisition fallen, denn die katholische Geistlichkeit fände sich durch die Unterweisung seiner Frau in der lutherischen Religion sehr beleidigt, und die Geistlichkeit behauptet, Kupetzky hätte seine Frau gezwungen, die katholische Religion zu verlassen und die lutherische anzunehmen. Der Künstler soll also auf seiner Hut sein, denn gegen die Macht und Verfolgung der katholischen Geistlichen würde ihn seine Kunst nicht schützen können.

Diese Mittheilung klang eigentlich gar nicht unwahrscheinlich und wird auch jetzt als glaubhaft erscheinen, wenn man auf die historische Thatsache der Protestantenverfolgungen hinweist, die unter Kaiser Karl VI. (1711 bis 1740) stattgefunden haben. Die in Folge der Verfolgung stattgefundene Auswanderung der Salzburger wird wohl bekannt sein, und solche Auswanderungen kamen auch in anderen Ländern des Reiches vor. Ganze Familie wandten sich nach Siebenbürgen oder wurden mit Gewalt dorthin verpflanzt. Die Evangelischen wurden an vielen Orten als verdächtige oder gar als staatsgefährliche Menschen behandelt, im besten Falle zu Geldstrafen verurtheilt, zumeist aber ins Gefängniss geworfen, obgleich in Triest für die Officiere der österreichischen Flotte der evangelische Gottesdienst erlaubt wurde. Später sehen wir, dass im Herbste des Jahres 1738 in Kremsmünster 100 Personen gefänglich eingezogen und so lange in Gewahrsam behalten wurden, bis sie endlich zum Katholicismus übergetreten sind. Der Erzbischof von Wien führte sogar Klage gegen die grosse Anzahl von evangelischen Fabrikanten und Handwerkern in den Vororten in Wien und in Schwechat.

Aus dieser kurzen Skizze lässt sich schon der Geist jener Zeiten erkennen, und man kann auch ersehen, dass man mit den Evangelischen nicht glimpflich verfuhr. In Wien namentlich durften sie sich nicht viel rühren, und wenn man auch die Fabrikanten und Handwerker daselbst duldete, so geschah es gewiss nicht aus Toleranz.

Kupetzky, der diese Einzelheiten genau wusste, erschrak nicht wenig, als er von seiner bevorstehenden Verfolgung hörte. An der Wahrheit der Mittheilung zweifelte er keinen Augenblick, obzwar sie blos eine gut erfundene Lüge war. Hätte Kupetzky über seine Stellung, über sein Verhältniss zum Hofe nachgedacht, hätte er die Gnade und das Wohlwollen erwogen, womit er seitens des kaiserlichen Hofes ausgezeichnet wurde, wahrlich, er wäre gewiss nicht so ängstlich gewesen und hätte eher einen Gnadenact des Kaisers erhoffen dürfen. Er erbebte bei dem Bericht seines Freundes und fragte ängstlich, ob er nicht in Sicherheit kommen könnte. Sein vermeintlicher Freund, froh, dass ihm sein Anschlag glückte, fand es für gut, nicht zu sehr zu eilen, damit der Künstler nichts merke. Er versprach ihm jedoch, auf schleunige Mittel zu denken und ihm alsbald Nachricht zu geben.

Kupetzky schien aller Aufschub zu gefährlich; er besann sich auf seinen Freund Georg Blendinger,[1] den er in Italien

---

[1] Obzwar wir schon eine kurze Notiz über Johann Georg Blendinger gegeben haben, wollen wir hier Füessli's interessante Anmerkung Wort für Wort wiedergeben. Auf S. 31 schreibt er: „Georg Blendinger war eines Bauern Sohn ohnweit Nürnberg; er diente da bey einem Rathsherrn, der that ihn zum Ermels, von dem ging er nach Italien, wo er ein geschickter Landschafts-Mahler ward. Er ging als Lieutenant auf das Schiff eines Capers. Nach einigen Monaten ward er krank zu Livorno ausgesetzt, wo er in einigen Wochen erfuhr, dass das Schiff genommen, und die ganze Mannschaft über die Klinge gejagt worden, das verursachte ihm Schrecken vor diesem Handwerk. Er ergriff seinen

kennen lernte und der jetzt in sehr guten Verhältnissen in Nürnberg lebte. Er schrieb an Blendinger und frug seinen Freund, ob er ihm schöne Zimmer und Schutz verschaffen könnte. Blendinger ergriff die Gelegenheit, seinen guten Freund bei sich zu sehen, mit Freude, bot Kupetzky sein Haus an, das Hertelshof hiess:[1]) zugleich sprach er in Nürnberg mit hervorragenden Persönlichkeiten über die beabsichtigte Reise des Kupetzky nach Nürnberg, und da des Künstlers guter Ruf schon bis dorthin gedrungen war, hielten sie es für eine grosse Ehre, einen so grossen Künstler bei sich zu haben.

Hiervon wurde Kupetzky von Blendinger verständigt, und kaum hat er diesen Bericht erhalten, so schickte er seine Frau und seinen Sohn unter dem Vorwande, dass sie zum Curgebrauch nach Karlsbad reisen müssten, nach Nürnberg, und kaum glaubte er, sie wären schon in Sicherheit, war er von Wien plötzlich verschwunden. Da er an die beabsichtigten Verfolgungen ernstlich glaubte, hat er sich von Niemanden, auch nicht von seinen Gönnern und Freunden verabschiedet, damit er die Aufmerksamkeit seiner Verfolger nicht auf sich lenke und somit seinem Unglück entrinne. Heimlich, in aller Stille verliess er Wien, und erst mit der Zeit wurde sein Abgang bemerkt.

Wann, zu welcher Zeit Kupetzky von Wien nach Nürnberg übersiedelte, respective flüchtete, kann nicht mit Bestimmtheit angegeben werden. Jedenfalls dürfte es um das Jahr 1726 gewesen sein, da wir in der Bildergalerie der k. k. Akademie der bildenden Künste in Wien ein Porträt gesehen haben, das Kupetzky gemalt hat. Das ist das zweite von den bereits erwähnten Bildern, welches signirt ist, und trägt ausserdem die Jahreszahl 1723. Es ist dies das Bildniss des Geheimrathes Grafen Adam Philipp Losy v. Losymthal, Protector der k. k. Akademie der bildenden Künste in Wien seit dem Jahre 1750.

Auf der Rückseite enthält das Bild die Aufschrift:

„Illustr. D. D. Adamus Philippus S. R. S. Comes de Losymthal. Aetatis suae 17 Medy Anni A. 1723. Joa. Kopezky pinx."

Dieses Bild wurde über Ersuchen des Präsidenten der Akademie von der Witwe des Grafen, Ernestine Gräfin Losy

---

Pinsel wieder, und ging nach Nürnberg zurück, wo er hernach in sehr guten Stand lebte und alt starb."

[1]) Füessli, l. c. S. 31.

v. Losymthal, der k. k. Akademie der bildenden Künste in Wien überlassen. In dem alten Index zu den Acten ist die Schenkung folgendermassen angegeben:

„Losyngthal des Hrn. Grafen und vorhinigen Protectors Porträt, von Kopetzky gemahlen, wurde von der Frau Wittwe der Akademie überlassen, 28. Nov. 1792." (Siehe Nr. 29, Fasc. 23, vom Jahre 1792.)[1]

Da Kupetzky also dieses Bild 1723 malte und noch für den kaiserlichen Hof die bestellten Bilder verfertigte, so glauben wir deshalb, dass er um 1726 nach Nürnberg flüchtete, weil er in dieser Stadt noch eine Reihe von Jahren, bis 1740, lebte.

---

[1] Diese historischen Mittheilungen verdanken wir der freundlichen Unterstützung des akademischen Landschaftsmalers und Director-Stellvertreters der k. k. Bildergalerie Belvedere, Herrn August Schaeffer in Wien, der vorher Custos der Akademiegalerie gewesen, die Notizen aus seinem Katalogmanuscripte uns noch zur Zeit überlassen hat, als wir unsere Forschungen in Deutschland fortsetzten.

VI.

(Kupetzky in Nürnberg. — Künstlerische Thätigkeit und Berufungen. — Tod seines Sohnes. — Die treulose Gattin. — Kupetzky's Tod. — Auszug aus seinem Testament. — Hinterlassene Bilder. — Seine Frau und Schlickeisen. — Seine Schüler.)

Als der Künstler in Nürnberg ankam, wurde er von seinem Freunde Blendinger empfangen, der auch dafür sorgte, dass der durch die Drohung so sehr beängstigte Künstler auch seitens der Bürger und Standespersonen Nürnbergs recht freundlich begrüsst und aufgenommen wurde. Kupetzky's Ruf war zu jener Zeit in Deutschland, somit auch in Nürnberg genug bekannt, und kaum hatte sich der Künstler niedergelassen, so wurde er auch schon mit Bestellungen und Aufträgen förmlich überhäuft. Manche Autoren behaupten, Kupetzky hätte sich im Hause Blendinger's niedergelassen, Andere wieder, dass er die Gastfreundschaft seines Freundes nicht angenommen, sondern im Hertelshof Wohnung genommen hätte.

Dem widerspricht Will,[1] der da die Mittheilung macht, Kupetzky wohnte schon zu Beginn seines Nürnberger Aufenthaltes am Bonersberge in dem Ebnerischen Hause.

Die meisten Bilder, die Kupetzky in Nürnberg und für Nürnberg gemalt, sind heute in alle Welt zerstreut, unzugänglich. Kupetzky war nicht allein Porträtmaler, er malte auch religiöse Historienbilder, sowie Genrebilder, von denen heute blos einzelne vorhanden sind. Waagen[2] entwirft ein Bild jener

---

[1] Georg Andreas Will, Nürnberger Münzbelustigungen. Altdorf, 1764. S. 418.

[2] G. F. Waagen, Handbuch der deutschen und niederländischen Malerschulen. Stuttgart, 1862. S. 284.

Zeit und kommt dann auf Kupetzky zu sprechen. Wir wollen seine charakteristischen Bemerkungen hier folgen lassen:

„Da Deutschland sich etwa vom Anfang des 18. Jahrhunderts ab von den tiefen Wunden, welche ihm der dreissigjährige Krieg geschlagen, wenigstens insoweit erholte, dass es wieder zu einem gewissen Wohlstand, der unerlässlichen Bedingung einer allgemeinen Ausübung der Kunst, gelangt war, bildete sich auch eine grosse Anzahl von Malern aus, welche die der deutschen Nation angeborene Kunstliebe befriedigten. Es lagen indess keine Elemente in der Zeit, um das Emporblühen einer Malerschule zu begünstigen, welche ein nationales Gepräge gehabt hätte. Die Mehrzahl der Maler schloss sich daher auch jetzt der holländischen, verschiedene der italienischen, einige der französischen Schule an. Andere folgten den eklektischen Regeln der Kunstakademien, noch Andere endlich, namentlich Genre- und Thiermaler, hielten sich in entschiedenem Realismus, unmittelbar an die Natur. Die Werke dieser letzteren sind es, welche am meisten das Gefühl des deutschen Naturells tragen und daher bei weitem am erfreulichsten. Im Ganzen lässt sich auch hier ein Sinken der Technik und des Gefühles für Klarheit und Harmonie der Färbung wahrnehmen. Die Städte, in welchen die Malerei vorzugsweise ausgeübt wurde, sind: Wien, Frankfurt, Dresden, Berlin, Hamburg, Leipzig und Prag. Die Zahl der Künstler, welche ein allgemeines Interesse darbieten, ist indess nur mässig."

Ueber Kupetzky selbst schreibt Waagen:[1])

„Er fand mit seinen historischen Gemälden, ungleich mehr aber noch mit seinen Bildnissen, deren er eine sehr grosse Zahl ausführte, in Wien und anderen Orten einen ungemeinen Beifall. Und er war in der That ein tüchtiger Zeichner, in seiner Farbe kräftig, meist warm, wenngleich öfter etwas schwer, in seinem Vortrag breit und frei. Sein Impasto ist bisweilen von einer übertriebenen Stärke. In seinen historischen Bildern herrscht die realistische Richtung vor. Seine übrigen, lebendig aufgefassten Bildnisse haben in den Motiven häufig etwas Gesuchtes und verrathen darin einen Einfluss der französischen Schule.[2])

---

[1]) Waagen, l. c. S. 285.
[2]) Dies mag eine irrige Auffassung sein; denn Kupetzky stand in Wien im Anfang unter dem Einfluss der italienischen Schule, von der er sich mit der

In der Galerie zu Berlin befindet sich von ihm ein heiliger Franciscus von porträtartigen Formen, aber ernstem, würdigem Ausdruck und warmer kräftiger Malerei.[1]) Letzteres gilt auch von seinem eigenen Bildniss ebenda. Das seiner Tochter, als Schäferin, ebenda, ist indess geziert und auch kalt in der Farbe. Dagegen ist das Bildniss einer vornehmen Frau mit ihrem Söhnchen in der Galerie zu Wien bequem aufgefasst und in einer klaren Farbe ausgeführt, sein eigenes, vom Jahre 1709 datirtes, ebenda, aber in den Augen und Schatten von einer fast Rembrandt'schen Klarheit. Nur die Lichter sind von einem schweren speckigen Ton."

Kupetzky hat in Nürnberg verschiedene Standespersonen gemalt, und sein Künstlerruf drang bald auch in die Ferne. Berufungen schmeichelhaftester Art richtete man an ihn, der Churfürst von Mainz, der Herzog von Gotha, der Markgraf von Anspach und der Bischof von Würzburg haben ihn eingeladen, an ihre Höfe zu kommen, und als der König von England sich zu Hannover befand, sandte er einen Herrn seines Hofstaates zu Kupetzky nach Nürnberg, der ihn überreden sollte, nach London zu kommen.

Einen ähnlichen Antrag erhielt er auch im Jahre 1733 von der Königin von Dänemark, und obzwar diese Einladungen für Kupetzky in der schmeichelhaftesten Weise erfolgten, so lehnte er dennoch ab. Er lehnte ab, weil das Reisen ihm mit Rücksicht auf sein hohes Alter und mit Rücksicht auf sein Leiden unzuträglich war; er litt nämlich an Podagra.

Die Gründe seiner Ablehnung waren diesmal wenigstens wahr, denn Kupetzky war schon wirklich alt und kränklich. Seine frühere Ausrede bezüglich seiner Unabhängigkeit und Selbstständigkeit war nichts als eine Finte. Als er diesen Vorwand das erstemal in Wien gebrauchte, konnten wir an demselben keinen Glauben finden; denn er hatte doch in Rom zwei

---

Zeit losmachte, sich der Richtung Rembrandt's anschloss und mitkämpfte gegen die schädliche italienische und französische Richtung, die damals in Wien Mode war und festen Fuss zu fassen drohte.

[1]) Dieser heilige Franciscus ist nicht mehr in der Berliner Galerie. Franz Kugler (Handbuch der Geschichte der Malerei seit Constantin dem Grossen. Leipzig, 1867. S. 94) erwähnt dies Bild lobend, von wegen der Tüchtigkeit, der etwas bäuerischen Kraft und des vollen, ausgezeichneten Colorits.

Jahre hindurch für den Prinzen Alexander Sobiesky mit der Verpflichtung gearbeitet, dass er während dieser Zeit sonst für Niemanden arbeitet. Nun ist es doch zweifellos, dass er in Rom erst recht nicht unabhängig und selbstständig war, während es sich in Wien nur um die Annahme eines Titels und Amtes handelte, wodurch weder seine Unabhängigkeit, noch sein künstlerisches Wirken tangirt worden wäre, zumal es den Hofmalern nicht verboten war, auch für Privatpersonen zu malen.

Nun ist aber der wahre Sachverhalt der, dass es Kupetzky als Böhmischen Bruder durch seine Religion direct verboten war, Kriegsdienste, Eide zu leisten und öffentliche Aemter und Titel anzunehmen. Da aber der Prinz Sobiesky ein Privatmann war, musste Kupetzky das Verhältniss blos als Geschäftsabmachung betrachten, da der Prinz weder Titel noch Aemter verleihen konnte. Also nur das kann der einzige Grund gewesen sein, warum Kupetzky den überaus günstigen Antrag des Kaisers Karl VI., sein Hofmaler zu werden, ablehnte.

In Nürnberg war er schon alt und wirklich krank, und daher konnte er Ablehnungsmotive benutzen, die auch wahr waren, und musste nicht wieder zu einer Finte Zuflucht nehmen.

Der ununterbrochene Aufenthalt in Nürnberg muss aber nicht buchstäblich genommen werden. Kupetzky's Krankheitszustand muss ihm von Zeit zu Zeit dennoch gestattet haben — wenn auch nicht oft — Reisen zu unternehmen, wofür wir Beweise haben. Er war auch in Bamberg, aber der Zeitpunkt seines dortigen Aufenthaltes kann nicht angegeben werden. Joseph Heller[1]) giebt uns hierüber Nachricht, indem er schreibt:

„Auch Bamberg hatte die Ehre, diesen grossen Künstler (Kupetzky) einige Zeit in seinen Mauern zu haben. Er hielt sich einige Monate in dem ehemaligen Hirschenwirthshause in der langen Gasse auf, wo er verschiedene Bildnisse verfertigte. Der Fürstbischof Friedrich Karl v. Schönborn, welcher die Wissenschaften und besonders die schönen Künste sehr unterstützte, bot alles auf, Kupetzky in seine Dienste zu ziehen, aber vergebens. Nicht nur der Ruf, welcher den Künstler mit Recht schon damals umgab, bewog den Fürsten dazu, sondern sein

---

[1]) In Joachim Heinrich Jäck's Leben und Werke der Künstler Bambergs. Dresden, 1825. S. 24.

sehr ausgebildetes Kunstgefühl erkannte in den Werken desselben die Vorzüge, welche ihnen vor andern gebührten."

Ueber die hier gemalten Bilder des Kupetzky, die gleichfalls nicht mehr vorhanden sind, sagt er:

„Auf keinen Fall tritt man seinen Zeitgenossen zu nahe, wenn man behauptet, dass Kupetzky in Deutschland einer der besten Bildnissmaler vor Graf gewesen ist; ihm war es leicht, Stambart, Danhauser, van Schupen, Auerbach und mehrere Andere zu verdunkeln. Er suchte vorzüglich dahin zu wirken, einen besonderen Geschmack in der Bildnissmalerei einzuführen, und jenen von Rigaud zu verdrängen. In seinen Bildnissen sah er vorzüglich auf schöne Darstellung der Köpfe und Hände. Auf die Draperien verwendete er nicht viel Aufmerksamkeit, indem er die Ansicht hatte, der Kopf und die Hände müssen ein Bildniss schön machen, das Uebrige sei nur Nebenwerk. Sehr gegründet finden wir Füessli's Aeusserung, wenn er sagt: um sich eine richtige Darstellung von Kupetzky's Köpfen zu machen, muss man die Stärke des Rubens, das Zarte und Geistige von van Dyck und die Zauberei von Rembrandt sich vorstellen. Sein Colorit ist kräftig, aber seine Tinte etwas übertrieben, indem er seine Farben bis ins Unendliche mit anderen durchscheinenden Farben bedeckte."

Durch Georg Friedrich Walther, den Besitzer einer kleinen Gemälde- und Kunstsammlung in Dresden, erfahren wir, dass Kupetzky auch in Berlin war, er giebt aber die Zeit seines dortigen Aufenthaltes nicht an. Walther veröffentlichte den Katalog seiner Sammlung,[1]) worin auch zwei Porträts von Kupetzky verzeichnet sind. Eines der Bilder stellt uns den Hofmaler und Director der Kunstakademie in Berlin, Anton Pesne, dar, — das andere hingegen dessen Gattin. — Nach der Beschreibung folgt die Bemerkung: In Berlin gemalt.

Dass Kupetzky in Berlin war, ist sehr glaubhaft. In der Kupferstichsammlung der k. k. Hofbibliothek in Wien befinden sich 88 Kupferstiche, die nach den Gemälden Kupetzky's verfertigt worden sind, darunter jene 73 Stiche, die die Vogel'sche

---

[1]) Beschreibung einer kleinen Gemälde- und Kunstsammlung zu Dresden; mit Anmerkungen von G. F. W. Dresden, 1812. In der Walther'schen Buchhandlung.

Ausgabe bilden, über die wir noch sprechen werden. In dieser Sammlung von Stichen nach Kupetzky finden wir Porträts des Markgrafen Friedrich Wilhelm v. Brandenburg, der Markgräfin Christina Eberhardine von Brandenburg (nachher Königin von Polen), und der Markgräfin Christine Charlotte von Brandenburg, sämmtlich gestochen von Bernhard Vogel. Nun ist es aber wahrscheinlich, dass Kupetzky nach Berlin berufen wurde, dort die genannten Herrschaften, sowie den Director Pesne und Frau malte.

Eine andere Frage ist es: wo befinden sich diese für die Forschung so wichtigen Porträts historischer Persönlichkeiten, nach denen die genannten Stiche gemacht worden sind? Von diesen brandenburgischen Bildern ist uns keines bekannt, alle sind verschollen. Aber auch mit den Porträts anderer historischer Persönlichkeiten ist es nicht besser ergangen. Die Porträts des Kaisers Karl VI., Peter's I., des Fürsten Franz Rákóczy II. sind in geringer Anzahl noch da (siehe das Verzeichniss der Bilder), aber die Porträts des Kaisers Joseph I., der Erzherzogin Maria Amalia von Oesterreich, der Erzherzogin Maria Josepha von Oesterreich, Königin von Polen, des Prinzen Eugen v. Savoyen, des Herzogs Friedrich v. Sachsen-Gotha, der Gemahlinnen der Kaiser Joseph I. und Karl VI., der Mitglieder des kaiserlichen Hauses und sonst historischer Persönlichkeiten, deren Stiche vorhanden sind, sie sind alle verschollen.

Es scheint, dass diese Bilder mit der Zeit verschenkt, aber von den Beschenkten nicht immer mit der gebührenden Pietät behalten und aufbewahrt worden sind.

So lesen wir bei Meusel[1]) folgende lakonische Ankündigung:

„Folgende drey Portraete von dem berühmten Kupetzki: 1 Kaiser Karl VI. 2) Seine Gemahlin Elisabeth. 3) Erzherzogin Mariane, stehen um den Preis von 100 rthl. zum Verkauf. Sie sind von gleicher Grösse, ungefähr 2 Schuh breit und 3 Schuh hoch, und sehr gut conservirt. Liebhaber können sich an das Kayserl. Postkomtoir in Koburg wenden."

---

[1]) Johann Georg Meusel, Miscellaneen artistischen Inhalts. Erfurt, 1779 bis 1785. II. Band, 10. Heft, S. 252.

In den kaiserlichen Burgen und Schlössern zu Wien, Schönbrunn, Laxenburg, Ambras, Lainz etc. befindet sich auch kein einziges Bild von Kupetzky. Unseres Wissens existiren blos zwei Porträts des Kaisers Karl VI., die Kupetzky gemalt. Das eine befindet sich im Stifte Melk, das andere im Sitzungssaal des neuen Rathhauses zu Wien, welch letzteres gross ausgeführt den Kaiser darstellt.

Dieses Bild ist in Folge directer Bestellung der Stadt Wien gemalt worden, und finden wir in den Kammeramtsrechnungen im Archiv der Stadt Wien vom Jahre 1716 folgende Eintragung:

Am 17ᵗ do (Januar) zalte Ich Herrn Johann Kupezky Kunstmahlern, für die Contrafeiung in Lebensgrösse Ihro iezt Regierendte Kays: Mays: Carolj 6ᵗᵉ in die Innere Rathsstube die darfür begehrte 100 Species Ducaten, welichs in Münz sambt lagio á 7 kr. austragen Vier Hundert ailf Gulden 5 β¹) 10 ₰²) Craft Quittung und berathschlagte Anzaig Hieby . . . . 411 F. 5 β 10 ₰

Auch gab ich seinem Gesellen die ihme angeschaffte Verehrung mit zwelff Gulden . 12 F. — —

Das sind die wenigen historischen Porträts, die noch existiren und über die wir Nachrichten besitzen.

Obzwar wir keine Nachrichten darüber haben, dass Kupetzky, da er verschiedene Berufungen abgelehnt hatte, von hervorragenden Persönlichkeiten aufgesucht wurde, um sich von ihm malen zu lassen, so scheint uns hiefür doch der Beweis erbracht zu sein in einem Kupferstich, der im zweiten Theil von Füessli's Schrift über Rugendas und Kupetzky als Stirnblatt der Biographie Kupetzky's angebracht ist.

Das Bild zeigt Kupetzky's Atelier, worin der Meister, den Trachten nach zu urtheilen, Herrschaften empfängt, von denen Einer auf einem Sessel sitzt, dessen Brust von der linken Schulter zur rechten Hüfte herab ein breites Band schmückt; der Degen reicht ihm bis zur Erde. Seine zwei Begleiter, die neben ihm stehen, tragen Ordenssterne an der Brust. Kupetzky ist im Schlafrock, der um die Hüften mit einem Tuch zusammengebunden ist; er trägt grosse runde Augengläser. Seine Gestalt

---

¹) Schilling.
²) Pfennig

ist von der Krankheit gebeugt, und während er sich mit der Rechten auf einen Stock stützt, zeigt er mit der Linken auf ein auf der Erde stehendes, an die Wand gelehntes Bild (Porträt), das er zu erklären scheint, während seine Gäste das Bild aufmerksam besichtigen.

Noch zwei Stiche sind in Füessli's Schrift über Kupetzky, und zwar am Schluss die Todtenmaske im Profil, in einem einfachen, mit Rosengewinde geschmückten Rahmen; drei Engel schweben mit dieser Last in den Wolken.

Der dritte Stich ist von Saiter 1758 verfertigt und zeigt des Meisters ovales Selbstporträt mit Brille, langem Haare und Künstlerkappe, dessen Original im Besitz Sr. Excellenz des Herrn Grafen Edmund v. Zichy in Wien ist. Beide erstgenannten Stiche sind weder gezeichnet, noch ist über die Existenz der Originalbilder irgend ein Anhaltspunkt vorhanden.

Der gesuchte und gefeierte Künstler musste in den letzten Jahren seines Lebens ausser seiner Kränklichkeit noch harte Schicksalsschläge ertragen, die ihm das Leben verbitterten. Bald nachdem seine Tochter gestorben, deren Porträt gegenwärtig in der Berliner Galerie ist und über die uns nicht die geringste Mittheilung geworden, starb sein einziger hoffnungsvoller Sohn Christoph Johann Friedrich, wie der folgende amtliche Todtenschein beweist, am 10. November 1733.

E. N. 313.

Todtenschein.

Im Jahre Eintausend siebenhundert drei und dreissig /1733/ am ♂ den zehnten /10. November starb Christoph Johann Friedrich Kupezky. Johann Kupezky, Kunstmalers ehelicher Sohn aufm Bonersberg.

Für die Richtigkeit dieses Auszuges aus dem diesseitigen Todtenregister.

Nürnberg, den 8. Mai 1889.

Das
Kgl. b. prot. Pfarramt S. Sebald
(L. S.) F. Michaheller.

Es war dies das grösste Unglück, sagt Füessli,[1] das den Meister treffen konnte.

---
[1] Fuessli, l. c. S. 32.

Füessli sagt: „Der wohlgebildete Sohn klagte am 30. Weinmonat (October) über Mattigkeit und Drücken; er sagte gleich, ich werde sterben'. Den 3. Tag äusserten sich die Pocken und am 6. Wintermonat (November)[1] starb er gleich einem Helden, indem er seinem Vater und allen Umstehenden Lehren gab. Er brachte sein Leben auf 17 Jahre 2 Wochen und 1 Tage. Er verstand das Lateinische und Griechische, schlug das Clavier sehr gut, und zeichnete und malte in einem so guten Grade, dass man sich von ihm alle Kunst seines Vaters versprechen konnte. Dieser Zufall warf ihn so sehr darnieder, dass er wahnsinnig[2] ward, niemand sprechen, und seinen Sohn nicht begraben lassen wollte; welches mich bewog, ihn auf eine seinem Stand gemässe Art beerdigen zu lassen. Endlich kam er wieder zu sich selbst, fragte, wer seinen Sohn hätte begraben lassen. Man sagte es ihm; er liess mich hierauf bitten, zu ihm zu kommen, bezahlte mir mein Ausgelegtes und dankte mir weinend sehr verbindlich dafür."

Dieser einzige Sohn war seit dem Tode seiner jüngst verstorbenen Tochter auch das einzige Wesen in seiner Familie, an das der Meister mit wahrer Liebe gefesselt war. Seine Frau Susanna setzte das leichtsinnige Leben, das sie in Wien geführt, in Nürnberg fort und bereitete dem Künstler nur Bitternisse und Kränkung. Die schönen Fortschritte seines Sohnes machten ihm viel Freude, da aber dieser talentirte und hoffnungsvolle Sohn starb, verfiel er in Schwermuth, sein Schmerz war ohne Grenzen, er selbst untröstlich. „Einst." — berichtet J. K. H. Richter an Meusel[3] — „in einer der durchtrauerten Nächte erscheint ihm im Traume der geliebte Jüngling, verweist ihm voll Schonung den zu grossen Kummer, tröstet und versichert ihn, dass er glücklich sei. Er erwacht, kaum bricht der Tag an, so fliegt er an die Staffelei, um diese Erscheinung so bald als möglich auf die Leinwand zu übertragen, und so entstand ein Bild, dem vielleicht nur wenige beikommen und das keines

---

[1] Im soeben veröffentlichten Todtenschein heisst es: 10. November.

[2] Diese Bemerkung Füessli's darf wohl nicht buchstäblich genommen werden.

[3] Meusel, Museum für Kunst und Kunstbilder oder Fortsetzung der Miscellaneen artistischen Inhalts) Mannheim, 1787 bis 1792. III. Band. 15. Stuck. S. 107 bis 108.

übertrifft. Der in einer Glorie aufwärts schwebende, holde, tröstende Jüngling, mit dem an der Erde auf den Knien liegenden, bekümmerten, hinanblickenden Vater — keine Sprache vermag so was anschaulich zu machen. Welch ein Gegenstand aber auch für solch einen Vater! Die Figuren sind in Lebensgrösse, wie alle, die ich von ihm gesehen habe.

Ob diese Bilder, wie auch eine Menge anderer, von sehr vorzüglichen Meistern, noch in Bayreuth oder vielleicht in Ansbach sind, weiss ich nicht. Die letzte Regierung in Bayreuth begünstigte die Künste nicht."

Zu dieser Mittheilung wollen wir auch diejenige Füessli's [1]) aus dem Testamente Kupetzky's anführen.

„Er (Kupetzky) gedenket nehmlich mit besonderer Zärtlichkeit seines verstorbenen Sohnes, ‚den er vor Kurzem, zu seinem unaussprechlichen Trost, mitten in der Seligkeit und Glorie des Himmels, in einem Traumgesicht erblickt zu haben bezeuget,‘ und verlangt auch ausdrücklich neben demselben und ohne Gepräng begraben zu werden." Und in einer Anmerkung hierzu sagt Füessli: „Dieses Traumgesicht (eine natürliche Wirkung seiner heftigen Liebe für seinen Sohn und einer malerischen Phantasie) hatte seine Seele so sehr eingenommen, dass er es zum Sujet eines Gemäldes machte, welches er auf das Nürnbergische Rathhaus legirte, mit der ausdrücklichen Clausel, dass es nicht anders, als zum besten der Nürnbergischen Armen solle alienirt werden dürfen."

Auf unsere Anfrage wurde uns seitens der Direction des germanischen Nationalmuseums in Nürnberg der Bescheid, dass Kupetzky's Traumbild weder dort, noch im Rathhause ist. Ueberhaupt sind sämmtliche Kupetzky-Bilder im germanischen Nationalmuseum Eigenthum der Stadt Nürnberg; wo sich jedoch das Traumbild befindet, ist nicht bekannt.

Es scheint somit nach der aus dem Jahre 1792 stammenden Mittheilung Richter's, dass das Traumbild 52 Jahre nach dem Tode des Künstlers (1740) nicht mehr in Nürnberg war. Das Bild scheint verschollen zu sein.

Im Kupferstichcabinet zu Berlin befindet sich ein Stich nach einem Porträt des Jünglings, gemalt von seinem Vater.

---

[1]) Füessli, l. c. S. 35 bis 36.

Der Stecher ist nicht gezeichnet. Das kluge Gesicht des im zarten Alter stehenden Jünglings ist dem Beschauer zugewendet, darunter steht:

Christoph. Johann Friderie Kupetzky. Nat. Viennae Austr. A. C. 1716. Octobr. 19. Denat Norimbergae A. C. 1733. Novembr. 6. Aetat. 77. Ann. et 2. Hebdom.

Dann folgt der Spruch:

Ein Jüngling denkt mit Recht vollkommen hier zu werden, doch die Vollkommenheit erreicht das Stück-Werk nicht; drum eilt der Edle Geist zum Himmel von der Erden, weil Ihm die Ewigkeit vollkommen Werth verspricht.

Ein sehr schönes, mit Liebe, Lust und besonderer Zärtlichkeit gemaltes Porträt des jungen Kupetzky befindet sich im Besitze des bereits erwähnten kunstsinnigen Grafen Edmund v. Zichy in Wien, der überhaupt die schönste, reichhaltigste und werthvollste Sammlung Kupetzky'scher Bilder in seiner selten schönen und mit vielem Verständniss und Geschmack erworbenen Kunstsammlung sein Eigenthum nennt. Darunter befindet sich auch ein meisterhaft ausgeführtes Porträt von Kupetzky, ganz in der Art Rembrandt's gemalt; ja man wäre sogar versucht, das Werk für eine Schöpfung Rembrandt's zu halten.

Auf dem Porträt des jungen Kupetzky in der Zichy'schen Sammlung äussert sich die ganze Liebe, Anhänglichkeit und Zärtlichkeit des Vaters gerade so, wie in dem Spruch auf dem Kupferstich im Berliner Kupferstichcabinet.

Frau Susanna führte ihre Lebensweise fort. Sie veranlasste, vielmehr sie zwang den Künstler, den Schlickeisen als Erzieher des Sohnes von Wien nach Nürnberg zu berufen, welcher Berufung auch Folge geleistet wurde.[1]) Dies war jedoch blos ein Vorwand, damit die Frau nach wie vor mit dem Erzieher ihres Sohnes das Verhältniss weiter führen könne.

Da aber der Sohn starb, war natürlich der Erzieher nicht mehr nothwendig und es folgte auch seine Entlassung, worüber Füessli[2]) berichtet.

„Der Baron v. Seydel, ein Freund des Kupetzky, gab ihm den Rath, den Lehrmeister seines Sohnes reich zu bezahlen und

---

[1]) Meusel. Neue Miscellaneen. 1779. 10. Stück, S. 227.
[2]) Fuessli. l. c. S. 33.

aus seinem Dienst zu entlassen. Dies geschah zum grössten Verdruss der Frau Kupetzky, denn sie hat mit diesem Lehrmeister ein Liebesverhältniss angeknüpft. Auf Veranlassung des Baron v. Seydel machte Kupetzky auch sein Testament fertig; dasselbe giebt einen guten Begriff von seiner Religion und seinem Charakter." Da dieses Testament nicht vorhanden ist, werden wir hier den Auszug aus demselben mittheilen, der in Füessli's heute schon seltenem und schwer zugänglichem Buch enthalten ist.

Dem schlauen Weibe schien das Testament nicht zu passen, und sie übte eine Pression auf den Gatten aus. Wir wissen doch, dass Kupetzky in seinen Ausdrücken durchaus nicht wählerisch war, und da erinnerte sich das Weib auf einige seiner Worte, die er wider einen hohen Hof gesprochen haben sollte, und drohte ihn zu denunciren, falls er sein Testament nicht ändern und den Lehrer seines verstorbenen Sohnes zurückrufen werde.

Der ohnehin unglückliche Künstler war wegen seiner unvorsichtigen Worte gezwungen, den Wunsch seiner Frau zu erfüllen. Mittlerweile nahm das Podagra immer grössere Dimensionen an, bald trat auch die gesulzte Wassersucht auf, die ihm unaussprechliche Schmerzen verursachte, bis ihn der Tod im im Jahre 1740 von seinen Leiden erlöste.

Der Kirchenpfleger in Nürnberg machte zu einem prächtigen Begräbniss Hoffnung, die Herren Geistlichen wandten dagegen ein, — schreibt Füessli — er hätte nicht die Kirche besucht, nicht das hochwürdige Abendmahl genossen, noch sich jemals mit ihnen in Absicht des äusserlichen Gottesdienstes vertragen können, und müssten doch bei seinem Begräbniss, nach der Einrichtung der lutherischen Kirche, Buss-Lieder gesungen werden.

Wer hätte zu jener Zeit in Nürnberg gedacht, dass man einen so bekannten und geschätzten Künstler, welcher im ganzen Reiche allgemein hochgeachtet war, und für welchen mehrere Regenten alles aufboten, ihn in ihre Dienste zu bekommen, ohne Sang und Klang, ganz in aller Stille beerdigen wird, besonders in Nürnberg, einer Stadt, welche damals in der Aufklärung keiner anderen nachstand.

Trotz des Versprechens des Kirchenpflegers, trotz der Erwartungen seitens der Einwohner, hat die Geistlichkeit eine kirchliche Einsegnung und Beerdigung verweigert. Man legt den berühmten Kupetzky — berichtet Füessli — in eine Kutsche, führte ihn bei anbrechendem Tag auf den Johannis-Kirchhof, setzte ihn dem Grabe seines Sohnes bei und scharrte ihn ein ohne Gesang und Klang. Die Ursache dieser Weigerung war darin zu suchen, dass Kupetzky seinen Grundsätzen, der Kirche seiner Väter, der Böhmischen Brüder, treu blieb. Nicht unwahrscheinlich ist es — meint Joseph Heller[1]) — dass die nürnbergische Geistlichkeit damals vom spanischen Inquisitionsgeist beseelt war, besonders wenn man in Erwägung zieht, dass Kupetzky in moralischer Hinsicht untadelhaft war.

Zum Hofmann war er so wenig als zum Kleinstädter gemacht; er war, wie man gewöhnlich sagt, ein trockener, rechtlicher Mann, welcher spricht, wie es ihm um das Herz ist. In seinem Testament, das den Beifall der Geistlichkeit erregte, ist seine Gottesfurcht, sein Eifer, dort, wo es nothwendig ist, zu retten, sein gutes, wohlthätiges Herz, seine fromme Seele, klar ersichtlich. Zuerst schenkt er das Traumbild der Stadt Nürnberg, den Armen der Stadt 600 fl., welche Summe durch den Pfarrer Pfizer zu St. Egydien, nach dessen gewissenhaftem Gutbefinden unter fromme und christlich lebende dürftige Personen vertheilt werden soll.

Ueber den Hauptfond seines Vermögens verfügt er, dass das Capital, wenn es durch Verkauf seiner Gemäldesammlung[2]) vermehrt worden ist, verzinst und als eine Art Fideicommiss behandelt werden soll, so, dass seine Witwe die Interessen von 6000 Gulden lebenslänglich beziehen, die Zinsen von dem Ueberrest aber und nach Absterben seiner Witwe von dem ganzen Capital, theils seinen Geschwistern[3]) oder deren Nachkommen (aber nur insofern sie der evangelischen Kirche[4]) getreu verbleiben würden), theils den salzburgischen Emigranten und an-

---

[1]) Jäck, l. c. S. 28.
[2]) Kupetzky besass eine kleine Gemäldesammlung, die für seinen Sohn bestimmt war, der gleichfalls Maler hätte werden sollen.
[3]) Wir finden sonst nie eine Notiz, dass sich Kupetzky überhaupt seiner Geschwister erinnert hätte, als jetzt vor seinem Tode.
[4]) Er wusste, dass er selbst eines der letzten Glieder seiner Kirche und dass seine Religion ganz aussichtslos war. Der Protestantismus lag ihm daher näher, weil sein Sohn in dieser Religion erzogen wurde.

deren Hilfsbedürftigen zufliessen sollten; hiebei vergass er auch der beiden Armenschulen in Nürnberg nicht. Füessli sollte den Werth seiner Bilder bestimmen, sie nach seinem Tode verkaufen, und das gelöste Geld den Vollstreckern seines Testaments einhändigen, wofür er ihm zum Andenken seine Skizzen und Risse vermachte. Von jenen Gemälden kaufte der Markgraf von Brandenburg-Bayreuth 29 Stück um 16.000 Gulden. „Wenig Geld für so kostbare Stücke", bemerkt hierzu Füessli.[1])

Von den vorzüglichsten Gemälden aus Kupetzky's Verlassenschaft, die er selbst gemalt und gesammelt, um sie seinem Sohn zu hinterlassen, der sich nach denselben bilden hätte sollen, giebt Füessli[2]) das folgende Verzeichniss.

	Höhe		Breite
	Schuh		Zoll
1. Kupetzky'sches Familienbild. Er sitzt bei der Staffelei und hält seine Palette. Neben ihm sitzt seine Frau, die ihr Mädchen putzt. Zwischen ihnen steht ihr kleiner Sohn, der in der einen Hand ein Buch hält, und von seinem Vater einen Pinsel nimmt. Hinter ihm steht eine Flasche Wein und eine Schüssel Gebratenes	6		6
2. Der heil. Franciscus in einer heftigen Entzückung, die Augen voll Thränen, neben ihm steht ein Crucifix, Todtenkopf und Bücher	5½	4	3
3. Der barmherzige Samaritaner, der den verwundeten Juden auf sein Pferd hebt	7½	5	6
4. Ein noch nicht völlig verfertigtes Stück, drei Einsiedler, zwei mit noch nicht ganz verfertigten Köpfen, Händen und Füssen; der vornehmste Kopf aber sammt den Kleidern sind vollständig ausgemalt	7½	5	6
5. Kupetzky mit einer Brille auf der Nase; die rechte, mit einem weissen Tuch umwundene, podagrisch geschwollene Hand liegt nachlässig auf einem Tisch, die linke hält einen Stock. Neben ihm steht sein Sohn und weiset ihm eine Arie	3½	3	
6. Ein Mann in einem Sessel sitzend, beide Hände sichtbar, hat einen kleinen weissen Hund	3½	3	
7. Der Geruch, in dem Bilde einer halbnackten Frauensperson mit einem Blumenkorb	3½	2	1
8. Zwei Bildnisse, Mann und Weib in einer alten Tracht; er hält seinen Pelzrock, und die Frau ein Buch	2½	2	1
9. Eine Frauensperson mit einer Hand, der Kopf mit einem schwarzen Flor und schwarzen Crépon	2½	2	1

[1]) Fuessli, l. c. S. 48.
[2]) Fuessli, l. c. S. 43. u. f.

		Höhe	Breite	
		Schuh	Zoll	

10. Das Bildniss Kupetzky's, wie er Farben mischt, hinter
    ihm sein kleines verstorbenes Töchterchen mit Früchten 3' 6   2' 2
11. Eine stehende Mannsperson mit zwei Händen . . . . 3' 10 2'½
12. Eine stehende Mannsperson in ungarischen Kleidern . 3' 16 3   1
13. Kupetzky, seine Frau und ihr Sohn. Ein Stuck, das aus
    den anderen gleich einem Demant schimmert. Hier sind
    alle Zaubereien des Schattens und des Lichtes in dem
    Manne und alle Freiheit und Zärtlichkeit des Pinsels in
    dem Frauenzimmer in so bewunderungswürdigen Ver-
    hältnissen, dass es sehr schwer für einen Maler ist zu
    bestimmen, ob er Rembrandt oder Van Dyck darin mehr
    bewundern müsse 4   3   2
14. Der junge Kupetzky spielt auf dem Clavier; hinter ihm
    steht eine Mannsperson die den Takt giebt 4   3   2
15. Eine heilige Familie. Jesus sitzt auf Mariens Schoss, und
    mit ihm spielt der kleine Johannes; hinter ihm steht
    Joseph 4   3
16. Kupetzky mit einer Schnupftabaksdose 3   2   6
17. Ein Nachstück: eine Mannsperson hält in der Hand eine
    Kaffeeschale, in der anderen eine Tabakspfeife . . . 3' 6   2   6
18. Ein Geistlicher mit zwei Händen, ein Kniestück . . 3' 6   2   6
19. Das Bildniss des Kupetzky ⎱
20. Seine Frau . . . . ⎰ beide mit Händen . . . . 2'7/16 2   4
21. ⎱
22. ⎰ Zwei Landschaften . . . . 2' 6   1   8
23. Maria Magdalena, betend in einem Buche, mit der einen
    Hand einen Todtenkopf haltend . . . . 2' 16   1   8

Diese sind — sagt Füessli — die merkwürdigsten Gemälde,
die sich von seiner Arbeit in seiner Verlassenschaft fanden,
ausgesucht aus einem Haufen schöner Stücke. Es befinden sich
dabei die Köpfe der Apostel und Propheten von ihm, und eine
auserlesene Sammlung von anderen Meistern, worunter vorzüglich
folgende schön sind:

1. Die Auferweckung Lazari, von Guerchin da Cento.
2. Loth mit seinen Töchtern, von Carolo Loth.
3. Eine Landschaft, von Titian.
4. ⎱
5. ⎰ Zwei holländische Bauernstücke.
6. Ein Blumenstück, von Dam.
7.
8. ⎱
9. ⎰ Vier Landschaften von Agricola.
10.

Nicht eruirbar war die genaue Angabe des Todestages Johann Kupetzky's. Da ihm die Geistlichkeit jede kirchliche Ceremonie verweigerte, wurde sein Ableben und der Todestag in das Todtenregister gar nicht eingetragen.

Füessli [1]) giebt als Todesjahr 1740 an, welche Angabe auch in andere Quellenschriften übergegangen ist. Dagegen treten Gräffer und Czikann [2]) mit einem genauen Datum heran und sagen, Kupetzky wäre am 4. Juni 1740 gestorben, ohne für diesen genauen Datum irgend welchen Beweis anzuführen. Ormós [3]) nennt den 20. Juli als den Todestag.

Wir nehmen an, dass Kupetzky wirklich 1740 gestorben ist, denn seine Witwe hat sich schon ein Jahr später an ihren langjährigen Geliebten verheiratet. Möglich, dass sie anstandshalber — wenn bei dieser Person überhaupt von Anstand gesprochen werden kann — das Trauerjahr vorüberziehen lassen wollte.

Der nachfolgende amtliche Auszug berichtet über ihre neue Ehe.

E. N. 595.

Trauschein.

Am 19. (neunzehnten) Juli d. J. 1741 (siebenzehnhundert und ein und vierzig) wurde „nach Hr. Kirchenpflegers Ebner's Erlaubniss und nachdem die Kirche zu St. Sebald wegen ihrer Gerechtsame vergnügt worden, ohne vorhergehende einige Proklamation, ohne alle Umstände, im Beisein 2 Hr Doctoren juris, eines Hr Cancellisten und noch eines guten Freundes mit geschlossenen Kirchenthüren" in der St. Johannis-Kirche dahier getraut:

„Der wohlwürdige p. p. Hr. M(ag) Ephraim Schlickeisen, ehemals kgl. dänischer Legations-Prediger in Wien, nun in Nürnberg lebend, mit Frau Susanna, des Tit. . . Kupetzki, weltberühmten Malers in Nürnberg. S. N. Wittib."

---

[1]) Füessli, l. c. S. 34.
[2]) Gräffer und Czikann, Oesterreichische National-Encyklopädie. Wien, 1835. III. Band, S. 318.
[3]) Ormós, l. c. S. 102.

Für die Richtigkeit obigen Auszuges aus dem Trau-Register.

Nürnberg, 11. Mai 1889.

Kgl. bayr. protest. Pfarramt St. Johannis:

(L. S.) Seiler.

Ob diese neu geschlossene Ehe der Frau Susanna mit Schlickeisen eine glückliche war oder nicht, ist uns nicht bekannt. Die Frau hat aufgehört, die Rolle zu spielen, die für unsere Arbeit von Interesse wäre, ja, sie schien auch gesellschaftlich nicht mehr zu existiren, denn wir erhalten keine weitere Nachricht über ihre Person.

Diese zweite Ehe dauerte sechs Jahre und wurde, wie der nachstehende amtliche Todtenschein beweist, 1747 durch den Tod Schlickeisen's gelöst.

E. N. 596.

Todtenschein.

Im Jahre Einstausend sieben hundert und sieben und vierzig (A₀ 1747) den dreizehnten (d 13ten) August starb dahier in einem Alter von 56 Jahren und 3 Monaten und wurde am 16ten Aug. beerdigt:

Herr Ephraim Schlickeisen, ehem. k. dänischer Legations-Prediger zu Wien.

Für die Richtigkeit des obigen Auszuges aus dem diesseitigen Todtenregister.

Nürnberg, den 11. Mai 1889.

Das Königl. Bayer. protest. Pfarramt St. Johannis:

(L. S.) Seiler.

Frau Susanna, die nun das zweitemal Witwe wurde, verheiratete sicht nicht mehr. Zwölf Jahre verlebte sie noch in Nürnberg und folgte Schlickeisen als seine Witwe 1759 in den Tod, worüber der folgende amtliche Todtenschein ausgestellt wurde:

E. N. 321.

Todtenschein.

Im Jahre Eintausend sieben hundert fünfzig neun (1759) wurde am (16) Mai beerdigt:
Frau Susanna Schlickeisen, Herrn Ephraim Schlickeisen pens. königl. dänischen Legationsprediger zu Wien Wittwe. Wurde frühe in einer Kutsche hinausgefahren.[1]) (Der Todestag ist nicht angegeben.)
Für die Richtigkeit dieses Auszuges aus dem diesseitigen Todtenbuche.

Nürnberg, d. 14. Mai 1889.

Kgl. b. prot. Pfarramt S. Sebald:

(L. S.)   F. Michaheller.

Wie Füessli[2]) berichtet, hatte Kupetzky nicht mehr als zwei Schüler, die ihm Ehre machen.

Max Händl, ein Oesterreicher, ein vortrefflicher Gesichtsmaler; er hatte sich lang in Italien aufgehalten, für Kupetzky das, was Van Dyck für Rubens. — Weitere Nachrichten über ihn fehlen.

Gabriel Müller, weil er alle guten Draperien an den Arbeiten seines Meisters Kupetzky malte, nannte man ihn Kupetzky-Müller. Er war zu Ansbach 1688, den 28. December geboren,[3]) lernte zu Wien bei Johann Kupetzky und folgte ihm nach Nürnberg. Alle Draperien und Gewänder, die gut aussehen, hat er gemalt. Er verband mit seiner Geschicklichkeit einen untadelhaften Charakter. Ein Porträt von Kupetzky in der

---

[1]) Jedenfalls ist die Art der Beerdigung auffallend, zumal Frau Susanna in Wien vom Katholicismus zum Protestantismus übergetreten ist und man ihr nicht, wie Kupetzky, den Vorwurf machen konnte, dass sie keiner Kirche angehörte. Möglich jedoch, dass ihr unmoralischer Lebenswandel, dazu die Veranlassung war, sie gerade so zu beerdigen, wie ihren ersten Gatten. Ihr fiel die gleiche Art der Beerdigung zu.

[2]) Füessli. l. c. S. 47.

[3]) Georg Andreas Will, Nürnberger Münzbelustigungen. Altdorf, 1764. I., S. 23.

Hagen'schen Sammlung, den Geheimrath Heinrich Christoph Hochmann **Freiherrn v. Hochenau** darstellend, hat Müller vorzüglich copirt, und diese Copie befand sich gleichfalls in Nürnberg in der Ebner'schen Sammlung. Will hat den Maler gekannt, und nennt ihn einen Freund Füessli's.

In der Kupferstichsammlung nach Kupetzky'schen Werken in der Wiener Hofbibliothek befindet sich ein Stich nach einem Gemälde des Kupetzky-Müller, das den König G e o r g II. von England darstellt. Möglich, dass er später nach England berufen wurde.

Ausser diesen hatte Kupetzky noch die folgenden Schüler:

Johann Andreas Brendel, geboren in einem bayreuthischen Dorfe zu Anfang des 18. Jahrhunderts. Er war taub und stumm und hütete einige Jahre das Weidevieh, indessen bemerkte man an ihm einen offenen Kopf und gab ihn deswegen in dem zwölften Jahre seines Alters dem Hofmaler Gläser[1]) in die Lehre. Die beiden berühmten Maler, Pesne in Berlin und Kupetzky in Nürnberg, brachten ihn darauf in der Malerei sehr weit. Murr, Beschreibung der Stadt Nürnberg, S. 507, sagt, dass in der Hagen'schen Kunstsammlung in Nürnberg ein interessantes Porträt einer jungen Weibsperson von Brendel vorhanden war. J. M. Bernigeroth und J. B. Probst haben nach ihm Bildnisse gestochen.

Samuel Gottlieb Hanrich, von Neusohl in Ungarn gebürtig, lernte bei Johann Kupetzky und malte schöne Bildnisse. Er arbeitete um 1726 zu Berlin, wo er an einem aus vielen Bildnissen bestehenden Familienstück seine Geschicklichkeit in der Composition zeigte. Hanrich ging von da nach Braunschweig und endlich nach London. Johann Oertel hat zwei Brustbilder nach ihm radirt.

Konrad Mannlich, Sohn des Heinrich Johann Mannlich, geboren zu Augsburg 1701, gestorben in Zweybrücken 1759. Er lernte die Malerkunst bei Johann Kupetzky in Wien und nahm, ohne dessen Nachahmer zu werden, seine kräftige Manier an. Er reiste nach Ungarn und wollte nach Italien, wurde zu Triest schwer krank, und dies vereitelte sein Vorhaben. Herzog

---

[1] H. H. Fussli, Allg. Kunstlerlexikon

Eberhard Ludwig berief ihn nach Stuttgart, dann wirkte er als Hofmaler des Pfalzgrafen Christian III., Herzog v. Birkenfeld.

Johann Noach v. Bemmel, geb. zu Nürnberg 1716, gestorben 1758 daselbst. — Franz Ignaz Roth, geb. zu Würzburg, lernte in Wien unter Leitung von Kupetzky. Alle diese letztgenannten Schüler haben, wie es scheint, gar keine Spuren hinterlassen.

VII.

(Die Stecher und das Verzeichniss der Stiche nach Kupetzky's Gemälden. — Medaillen.)

Kupetzky's Bilder waren nach seinem Tode gerade so beliebt wie zuvor. Eine Reihe Kupferstecher haben nach ihm gestochen und somit seine Werke verbreitet. Bause, J. J. Haid, A. und J. Schmuzer, G. M. Preissler, J. C. Vogel, B. Vogel, J. v. Kauperz, P. Westermeyer, J. Balzer, E. Schaffhauser u. A. haben Stiche nach Kupetzky's Gemälden verfertigt.

Bernhard Vogel hat angefangen, Kupetzky's Gemälde in schwarzer Kunst zu stechen (Schabmanier). Allein er starb zu früh [1]) und die Kupferplatten wären beinahe vernichtet worden. Es kauften sie endlich die zwei Brüder Justus Jakob und Valentin Daniel Preissler an sich. Der Letztere bemühte sich, noch mehrere Kupetzky'sche Bilder aufzutreiben, und setzte die Vogel'sche Arbeit fort. Er theilte das Werk in sechs Theile und machte einen Ziertitel dazu, der die schwarze Kunst darstellt und die Aufschrift hat: Johannis Kupetzky Incomparabilis Artificis Imagines et Picturae quotquot earum haberi potuerunt, antea ad quinque Dodecas Arte quam vocant Nigra aeri incisae a Bernardo Vogelio iam vero similiter continuatae opera et sumtibus Valent. Dan. Preisleri Chalcographi Norib. MDCCXLV. fol.

Wir geben hier das Verzeichniss dieses Werkes und bemerken die Vogel'sche Arbeit mit V., die Preissler'sche mit P.

---

[1]) Will, Nürnberger Münzbelustigungen. Altdorf, 1764. I, S. 23.

I. Theil.

1. Salvator Mundi. V.
2. Mater Salvatoris. V.
3. Guil. Frid. March. Brandeb. V.
4. Car. Ben. Geuder ab Heroldsberg, Castri Imp. Norib. Praetor, cum filio eius Adam Rudolph Carl. P.
5. Ge. Christ. Hochmann ab Hochenau. Consiliarius. V.
6. Euch. Gottl. Rinck, P. P. Alt. P.
7. Godfr. Thomasius. Med. D. et Polyhistor. P.
8. Jo. Andr. Schmidius ab Altenstadt, Norib. P.
9. Wolf. Tob. Huth, Merc. Nor. V.
10. Chr. Weigel Senior, Chalgographus. V.
11. Mich. Godfr. Wittwer. Chirurgus Nor. V.
12. N. Schreyvogelin, Merc. Pragens. Uxor. V.
13. S. Bartholomaes Apost. V.

II. Theil.

14. Eugenius Franc. Saband. Dux. V.
15. Christian, Comes de Witt. V.
16. Godfr. Lud. L. B. a Seidel V.
17. N. a Sichart nata Preuiu. P.
18. Wolf. Tob. Huth cum Ux. Sus. Johanna nata Gillin. V.
19. Mar. Magd. Schnellin. V.
20. Ge. Blendinger, Pictor Nor. V.
21. N. Haberstockin, Ux. Mercat. Vienn. V.
22. Franc. Ign. Roth, Pict. Herb. V.
23. Jo. Wolf. Kiehnlein. V.
24. Maximil. Cath. Kiehnlein Ux. V.
25. N. Barth. Past. ad S. Osw. aed. Ratisb. V.

III. Theil.

26. Mar. Hel. Sab. Imhof. V.
27. Christ. Aug. Laemmermann, J. V. D. et Consil. P.
28. Jo. Ge. Volckamer, Med. D. Nor. V.
29. N. Woussin, Pragens. V.
30. Doctor Judaicus. V.
31. Jo. Melch. Dinglingler, Gemmarius. V.
32. Mar. Sibylla, eius Uxor. V.
33. Jo. Leonh. Kelner, Pharmac. V.
34. Anonymus. V.
35. N. Donauer, Pict. Moscov. V.
36. Pictura ad modum Belgarum. V.
37. Eiusmodi. V.

IV. Theil.

38. Fridericus Dux Saxo-Gothan. V.
39. Jo. Sebast. Haller de Hallerstein. P.
40. L. B. de Gotter. V.
41. N. B. de Gotter, eius Uxor V.
42. Comes de Gotter. V.
43. Nobilis Ungarus. V.
44. Henr. a Bunau, Consil Viennes. V.
45. Haberstock, Merc. Viennens. V.
46. Jo. Kupezky, Pictor, cum filio Chr. Jo. Frid. V.
47. Ge. Blendinger, Pictor. Nor. V.
48. Jo. Andr. Bartels, Merc. V.
49. Philosophus. V.

V. Theil.

50. Petrus I. Russ. Imp. V.
51. Christina Eberhard. Regina Polon. V.
52. Mar. Amalia, Archidux. Austr. V.
53. Mar. Josepha, Archidux Austr. V.
54. Christ. Charlotta March. Brand. V.
55. Marchio de Oropeza, Hisp. Aur. Vell. Eques. V.
56. Jo. Frid. L. B Bachov. ab Echt. Cothau. V.
57. L. B. Bachov. Jun. V.
58. L. B. Bachovia, eius Uxor. V.
59. N. Woelkerin, nata Steinbergerin. Nor. V.
60. Repraesentatio Gustus. V.
61. S. Magdalena. V.

VI. Theil.

62. Jo. Sigm. Holzschuber ab Aspach, Protopr. Nor. P.
63. Ge. Dan. Praebes, J. V. D. et Adnoc Nor. P.
64. S. M. Ebneria, nata Nüzlin. P.
65. Jod. Guil. Ebner ab Eschenbach. P.
66. Jo. Frid. Sichart, Nor. P.
67. Donna de Laub, Toscana. P.
68. Cph. Weigelii Vidua et nepos. P.
69. Ge. Hieron. Weber. P.
70. Sus. Jauchzin, Nor. P.
71. Juliana Kolbin. Vienn. P.
72. S. Joannes Babtista. P.
73. S. Maria Magdalena. P.

Folglich besteht diese Ausgabe aus 73 Blättern und nicht aus 81, wie dies Meusel in seinen Neuen Miscellaneen angibt.

Haid hat eine kleine Sammlung Kupferstiche nach grösstentheils historischen Bildern herausgegeben. Die Zahl dieser Blätter ist unbekannt; der Titel lautet:[1]

Familia Sacra, exhibens imagines Servatoris Jesu Christi ejusque parentum et apostolorum etc. aere incidae a J. J. Haidio.

Ausser diesen Stichen sind unseres Wissens noch folgende erschienen:[2]

Bildnisse von Kupetzky und seiner Familie.

1. Kupetzky's Selbstportrait, Brustbild. Unterschrift: Johannes Kupezky. Balzer sc. Pragae. Oben steht: Gestochen 81.
2. Selbstportrait, gestochen von Ficquet. In Descamps la vie des Peintres. Paris, 1763. T. IV. p. 95.
3. Copie darnach von der Gegenseite nach rechts gewendet. Unterschrift: Johannes Kupezky. Am Rande: Kupezky pinx. J. Gottfr. Saiter sc. 1758. J. Casp. Füessli exc. In Füessli Leben Rugendas und Kupezky.

---

[1] Nagler, Lexikon. VII. Band, S. 215.
[2] Aus dem Verzeichniss bei Jäck.

4. Kupetzky im halben Leibe hält in der rechten Hand einen Pinsel, in der andern eine Palette und mehrere Pinsel. Unten steht links: J. Kupezky pinx. Rechts: J. J. Haid sculpsit. Unterschrift: Johannes Kupezky Natione Boemi Pictor Eximius. Denat. Norimbergae. Ao. MDCCXL . ÆT . LXXIII. J. J. W. script.

5. Kupetzky, wie er seine Frau abmalt; nur in Umrissen und mit der Schrift: Joannes Kupezky, Seiner Frau (geborner Clausin) Bildnuss mahlent Ao. 1667, in Pesing gebohren, und Ao. 1740 in Nürnberg gestorben, sich selbst gemahlt — gezeichnet G. C. Kilian 1775.

6. Bildniss von J. Kupetzky; er spielt die Laute, mit 8 deutschen Versen. Rosbach sc. Lips. et excud. pr. Fol.

7. Johann Kupetzky im Brustbild mit einem Halskragen, ganz von vorne zu sehen. Herrlich geschabt: im Kopf ist Leben und wahre Natur. Nichts fehlt dem Blatte, als dass es eine englische Hand gefertigt hätte, um in Deutschland geschätzt zu werden. Unten links steht: J. Kupezky pinx. Rechts: J. Elias Haid sculp. Aug. Vind. 1773. Unterschrift: Johannes Kupezky, Pictor.

8. Brustbild von der Seite, nach rechts sehend, mit der Umschrift: Johann: Kupezky. Pict. Excellent. Aussen J. S. Leitner fecit. Ist nach der schönen Medaille gestochen, welche auf ihn geprägt ist.

9. 10, 11. Dasselbe dreimal in Lavater's Phisiognomie.

Geistliche und weltliche Gegenstände [1])

12. Der Heiland. Sanctissime Jesus Christus — vita salus. S. August J. J. Haid.
13. Maria Beatissima Virgo Maria etc. J. J. Haid.
14. Der heil. Joseph. Licet nihil baberet — S. Epiphan. Adv. LII. J. J. Haid.
15 —28. 13 Blätter, die Apostel nebst dem h. Paulus; jedes Blatt ist mit latein. Inschrift versehen und von Haid gestochen.
29. Der heil. Johannes mit der Schale in der Hand. Numen confessis aliquod patet. Ovid. P. II. N. 72. V. D. Preisler sc.
30) Der heil. Petrus. J. J. Haid. fec. Fol. Schwarzk.
31. Die heil. Magdalena sitzend hält mit der rechten Hand einen Todtenkopf; vor ihr ist ein Kreuz und davor ein offenes Buch. Secundum peccatorum — lacrymae. Chrysostom. P. VI. N. 73. Val. Dan. Preisler sc.
32. La mort d'Adonis. Gestochen von A. L. Romanet, 1766. Das Originalgemälde besass Handman in Basel.

---

[1]) Der Kürze wegen werden wir nunmehr „Kupetzky pinxit" weglassen, weil auf jedem Blatte fast dieselbe Inschrift steht. Auch sind alle Blätter, welche Bernhard Vogel und Val. Preissler fertigten, in Schwarzkunst.

33. Der Herbst. Eine Weibsperson, ländlich gekleidet, steht an einem Tische, auf welchem ein Korb mit Trauben sich befindet. Diese berührt sie mit beiden Händen. Heic dulces cerasos, heic autumnalia peruna cernis. Propert. P. VI. N. 67. Val. Dan. Preisler.

34. Die Vertraute. Eine alte Weibsperson im Brustbilde hält in ihrer rechten Hand ein Papier; den Blick wendet sie nach rechts. Am Rande steht links: Joh. Kupetzky pinx. Rechts: J. F. Bause sculps. Lips. 1768. Unterschrift: Die Vertraute. Dem Herrn Joh. Thomas Richter zugeeignet durch seinen gehorsamsten Diener Johann Friedrich Bause.

35. Die Vermählte. Kupezky pinx. Bause sc.

36. Ein Bauernjunge, wie er sich kratzt und eine sehr heftige Empfindung hierüber verräth. Kupezky px. Geschaben von J. V. Kamperz.

37. Brustbild eines bärtigen Alten, welcher in ein Buch schreibt; sein Haupt ist mit einer Kapuze bedeckt. Unten links: Joh. Kupezky pinxit. In der Mitte: J. C. Fuessli delineav. Rechts: Joh. Jac. Haid fecit A. V.

38. Brustbild eines bärtigen Alten, blickt nach links in ein Buch, in welchem er mit seiner linken Hand blättert. Unten links: J. Kupezky pinx. In der Mitte: Casp. Füessli delineav. Rechts: J. Jac. Haid sculps. et exc

39) Der Kopf eines Persianers. J. Kupezky pinx. J. J. Haid sc.

Bildnisse.

40 Derselbe. J. Kupezky effigiem p. Joh. Gottfr. Hopfer ornam. delin. B. Vogel [1]

41. Christiana Carola, Marchio Brand. Culm. Ganz vorzüglich gestochen. Auf dem Gemälderahmen steht: Christiana Carola Marchio Brandenburgico Onoldina Nata Dux Würtembergica. Unten rechts: Pierre Drevet sculp.

42. Christophorus Franciscus Episcopus Herbipolen. S. R. J. P. Franciae Orientalis Dux. Links: Joannes Kupezky pinxit. Rechts: Joh. B. Probst sc. Aug. Vind. 1725. Im bischöflichen Ornate, sehr gut gestochen. Das Originalgemälde befand sich wahrscheinlich zu München.

43. Erzbischof von Gran; Christian August Herzog von Sachsen, im geistlichen Ornate, mit vielen Allegorien umgeben, oben der Cardinalshut, unten sein Wappen. Am Rande des Stiches: Kopetschki pinx. P. Maurus, S. O. S. B ad S. Emmeranum, inv. A. Geyer sc. Ratisb.

44. Prinz Eugen, ohne Inschrift, stehend in Feldherrnkleidung; über seinen Harnisch hängt der Orden des goldenen Vliesses; die linke Hand legt er auf den Degengriff, seine Wendung ist nach links. Links: Joh. Kupezky ad vivum pinx. Viennae. In der Mitte: C. Priv. S. C. Maj. Rechts: Bernard Vogel Sculps. et exeud. Aug. Vind.

45. Prinz Eugen. Kupezky pinx. Marcenai 1773. Kleines Stück.

---

[1] Cum Privilegio Sac. etc. wird nur mit C. Priv. etc., ebenso Beruh. Vogel mit B. V. angemerkt.

46. Georg Blendinger, Maler. J. Kupezky pinx. J. G. Sturm sc. Nbg. 1774.
47. Georgius Daniel Braedes (auch Praebes) U. J. D. Me mea etc. juvant P. VI. N. 63. Val. Dan. Preisler. Die ersten und sehr seltenen Abdrücke sind vor der Schrift und dem Wappen.
48. Nikolaus Buck, Maler, gestochen von E. Schafhauser.
49. Isaacus Daniel Buirette ab Oehlefeld — Legatus ad Francionae status cum pleniori potentia missus — Denat. d. VII. Nor. MDCCLXVI. Sitzt auf einem Sessel: auf seinem Stock bemerkt man den Kammerherrnschlüssel. Unten links steht: Joannes Kupezky Originale pinxit Norimb. 1736. Rechts: Joh. El. Haid sc. Aug. V. 1774.
50. Bildniss des J. Ebert. Kupezky pinx. G. M. Preisler sc. Fol.
51. Jobst Wilhelm Ebner v. Eschenbach, im Jagdkleide mit einer Flinte in der linken Hand. Virg. Pallas, quas condidit arces, Ipsa collat: nobis placeant ante omniasylvae. P. VI, P. 65. V. D. Preisler juxta originale sc.
52. Marie Sophia Ebnerin. Unten: der verzogene Name. Links: Pars VI. N. 64. Rechts: Val. Dan. Preisler juxta Originale sc.
53. Joh. Sig. Holzschuher, Septemvir, Proto — Provincielis — S. Marthae Praefectas — Denat. d. 11. Febr. MDCCXLII. J. Kupetzky Effig. pinxit a 1732. Ge. M. Preisler del. et sculp. Nor. 1745.
54. Juliana Kolbin, ist nach links gewendet und spielt auf einer Laute. Et quacunque potes dote placere place. Horat. P. 81, N. 69. Val. Dan. Preisler sc. (Es sollen auch Abdrücke ohne die Nummer existiren.)
55. Justus Jacobus Preu, Kauff- und Handelsherr, Adjunctus des Löbl. Banco-Amts zu Nürnberg. Geboren 1702, gest. 1733. Unten links: Joannes Kupezky effigiem pinx. Norib. Rechts: Bernh. Vogel fecit.
56. Franciscus Rákóczy. Transilvaniae Dux, Pater Francisci Leopoldi, ex Capite Criminis Perduellionis Leopold Imo Imperatore regnante post fugam Neostadii 30. Apr. 1703. Damnati Nat. 1644. vita privata obiit 1681. Links: Kupezky pinx. Rechts: P. Westermeyer sc. — In Wien bei Artaria et Compagnie. Hat einen Harnisch und einen Pelzmantel um, und zieht einen Säbel aus der Scheide.
57. Anna Catharina von Scheidlin. Gebohrne Previn. Starb MDCCL. Im XLV Jahr. Ganz unten: Joannes Kupezky pinx. G. M. Preisler sc. Norimbergae 1752. Dieses Blatt ist sehr schön gestochen. Der Künstler soll dafür 1000 fl. erhalten haben, doch fiel die Masche oben an der Brust nicht nach dem Wunsch der Familie aus, und man sagt, dass deswegen die Platte nach Paris an Wille gesendet wurde, welcher Veränderungen daran vornahm. Es giebt auch Abdrücke ohne Namen der Künstler.
58. Magdalena Margaretha Georgii Preuii filia — nupsit Jo. Friderico Sicharto — Obiit MDCCXXVI. J. Kupezky p. B. Vogel sc. Folio.
59. G. Hieron. Weber. Val. Dan. Preisler. Folio.

60. Christoph Weigel, Kupferstecher zu Nürnberg, mit der Unterschrift: Christ. Weigelius Chalcographus — Natus MDCLIIII. Joannes Kupezky. Effigiem pinxit. Obligationis — ergo sculpebat et offerebat B. Vogel Ao. 1714 d. 15 Marty Aug. V, Fol.

61. Magdalena Esther Weiglin, Christ. Weigeli Pen. Vidua ejusque Nepos Joann David Tyroff. P. VI. N. 68. Val. Dan. Preisler. (Es sollen auch Abdrucke existiren ohne Nr. 68.)

62. Bildniss des Jonas Paul Wurster. Kupezky p. G. M. Preisler sc. Fol.

63. Bildniss eines sitzenden Mannes, welcher auf der Laute spielt; im Hintergrunde rechts sieht man ein herrliches Schloss. Unten links: Joan Kupezky ad Vivum pinxit. Rechts: Andreas et Joseph Schmuzer chalcog. Uni : Vien sculps. 1728.

64. Ein Bildniss. J. Kupetzky pinx. Kauperz sc. gr. 4. Schwarzkunst.

65. Bildniss eines Kellners; er steht vor einem Fasse, ist nach Rechts gewendet und scheint auf Jemand zu sehen, hält in der rechten Hand ein Glas. Potui vit idoneus, aetatem nactus bonam. Alexis Comic. ap. Athen. P. VI. N. 71. Val. Dan. Preisler sc. Die zweiten Abdr. haben P. VI. N. 60.

66. Bildniss einer Dame nach Kupezky, von Heiss, gross Realfol. Schwarzk.

67. Bildniss eines grossen Herrn nach Kupetzky von Heiss. gr. Fol. Schwarzk.

  Allbekannt war das schöne, von dem Leipziger Kupferstecher Bause gestochene Bild „Die Vertraute". Wir lesen in der „Kunstzeitung der kayserl. Akademie zu Augsburg" 28. Stück, Montags den 9. Heumonat 1770. S. 223, hierüber: „Mit kayserl. Allergnädigster Erlaubniss. Ein Kopfstück, die Vertraute betitelt, nach Joh. Kupezky, kostet 40 kr."

  Ebenso bekannt war auch der sogenannte „Philosoph", abgebildet in Kugler's Atlas der Kunstgeschichte. Ein Exemplar dieses Stiches befindet sich in der erwähnten Sammlung der Wiener Hofbibliothek.

  Zwei ähnlich aufgefasste Originalbilder, die nicht bezeichnet sind, die wir jedoch für Gemälde des Kupetzky halten, haben wir im Besitze des Advocaten von Olgyay in Pressburg gesehen. Mit weissen Papierrollen sind sie da, Einer am Tische mit Tintenfass, und schreiben und grübeln mit Zeichen, die theils den geometrischen Figuren ähnlich sind, theils geheime Zeichen zu sein scheinen. Zuerst waren wir geneigt, dieselben, da sie priestermässig aussehen, für Kabbalisten zu halten, wir glauben jedoch nicht zu irren, wenn wir annehmen, dass dieselben Priester der böhmischen Brüdergemeinde waren, die, da ihre Religion verboten war, sich gegenseitig sowie mit den übrigen Gliedern der Gemeinde mit diesen geheimen Schriftzeichen verständigt haben.

Interessant ist der Stich „Der Tod des Adonis" in der Wiener Hofbibliothek. Der schöne Adonis, den Aphrodite so zärtlich liebt, wird auf der Jagd von einem Eber getödtet. Der nackte Körper liegt auf einem Felsen, unter ihm ein Tuch, neben ihm liegen Köcher, Speer. Zwei Hunde sind gleichfalls auf dem Bilde. Oben in den Wolken schwebt Aphrodite in einem Muschelwagen, sowie ein Engel. Das Bild führt den Titel: Mort d'Adonis. Oben links steht: peint par J. Kupetzky. Links: Gravé à Bâle par A. Romanet Parisien. Unten ist zu lesen: Ce Tableau peint à Rom par Jean Kupetzky Célèbre Peintre de Portrait, appartient a Monsieur Handmann Peintre à Bâle.

À Basle chez Chrétien de Mechel Graveur et à Paris chez Pasan et Poignant.

Ausser in der Hofbibliothek zu Wien ist uns blos noch von grösserem Umfange bekannt, und zwar 95 Blätter im Besitz des Obergespans Sigismund v. Ormós in Temesvár, und eine ziemlich zahlreiche Sammlung von Schwarzkunstblätter im grossherzoglichen Museum zu Weimar. Einzelne Kupferstiche sind noch vorhanden in der Bibliothek Seiner Majestät in der k. k. Hofburg zu Wien, in der Albertina ebenda, in der Akademie der bildenden Künste ebenda, im Kupferstichcabinet zu Berlin und anderen Orten.

*   *   *

Was die Medaillen, die Kupetzky darstellen, anbelangt, finden wir zwei Beschreibungen in Heinrich Ottokar Miltner's „Beschreibung der bisher bekannten böhmischen Privatmünzen und Medaillen". Prag, 1852. S. 267, Tab. XXVI. Nr. 219.

Und zwar: 1. Brustbild. Umschrift gravirt: **Johann: Kupezki Pict : or Excellent : issimus.**

Es ist dies eine einseitige Gussmedaille in Kupfer. Abgebildet in Will's „Nürnberger Münzbelustigungen". Altdorf, 1764. I, 3. Stück, pag. 17. Die Reproduction zeigt uns Kupetzky mit ziemlich magerem länglichen Gesicht und spitzer vortretender

Nase wie auf keinem Bilde. Deshalb erscheint uns dies Bild einigermassen fremd.

2. Brustbild. Gravirte Umschrift: **Johannes Kupetzky Pictor Celeberimus Natus Bazinii In Com.** itatu **Posoniensi A** . nno **D** . omini **MDCLXVII.**

Einseitige gegossene Silbermedaille $3^{1}/_{4}$ Loth schwer. In der Sammlung des Herrn Grafen Siegmund Berchthold.[1]

Die Medaille (Tab. XXVI. Nr. 219) ist nach Will von Richter in Wien poussirt, daher auf einigen Exemplaren unter dem Brustbilde ein R erscheint.

---

[1] Wo sich diese Medaillen gegenwärtig befinden, ist uns nicht gelungen in Erfahrung zu bringen.

VIII.

(Das Verzeichniss von Kupetzky's Gemälden.)

Admont. Im Stift. (Grüner Saal.)
1. Porträt eines Mannes.

Altdorf. In der Treu'schen Bibliothek 1801. * (Meusel, Neue Misc. 1800. XI.; Jäck, Künstler Bambergs.)
2. Das Bildniss Dr. Joh. Georg Volkammer's II.

Ansbach. In dem ehem. markgräflichen Schlosse. * 1786. (Jäck, Künstl. Bamb.)
3. Der verlorene Sohn.
4. Der barmherzige Samaritaner hebt den unter die Räuber gekommenen Menschen auf sein Pferd. (Vorzügliches Gemälde, geschätzt auf 3000 fl.)
5. Das Gegenstück dazu: Drei Einsiedler. (Ist noch nicht beendigt; geschätzt auf 400 fl.)
6. Der heil. Franciscus in Lebensgrösse, hebt in religiöser Begeisterung die Augen in die Höhe. (Geschätzt auf 600 fl.)
7. Das Gegenstück, ebenfalls ein heil. Franciscus, hält einen Todtenkopf. (Geschätzt auf 500 fl.)
8. Kupetzky's Familie: der Künstler sitzt vor der Staffelei und hält seine Palette, neben ihm seine Frau, der kleine Sohn will von seinem Vater einen Pinsel nehmen. (Der Markgraf kaufte dies Gemälde für 3000 fl.; sein Hofmaler Reuss fertigte eine sehr schöne Copie, welche nach Petersburg verkauft wurde.)
9. Kupetzky, mit seiner Frau und dem Söhnchen. (Gehalten für 2000 fl.)
10. Bildniss Kupetzky's mit einer Tabakspfeife.
11. Markgraf Karl Wilhelm Friedrich zu Pferd, in Gesellschaft des Grafen zu Rüdenhausen und obersten Stallmeisters v. Benneburg, in Lebensgrösse. An dem Pferde sind auffallende Zeichnungsfehler; so hebt dasselbe die zwei rechten Füsse auf.
12. Markgraf K. Friedrich Wilhelm als Prinz.

13. Die Markgräfin Christine Charlotte auf einem Esel in Gesellschaft der Prinzessin von Bayreuth, der Gräfin v. Rüdenhausen, Frau v. Ostiz, Frau v. Cronek, Fräulein v. Teufel und H. v. Hoistermann Dieses Bild beendigte ein anderer Künstler.
14. Bildniss der Markgräfin Christine Charlotte; wurde von Drevet in Kupfer gestochen.
15. Eine Schäferin, sehr schön (200 fl.) (Der Markgraf kaufte 1740 aus Kupetzky's Verlassenschaft 29 Gemälde, unter welchen Nr. 3—14 begriffen waren, für 16.000 fl. von der Witwe; sie gab ein Verzeichniss aller Gemälde mit Preisen heraus, auf welches auch die hier beigesetzten Preise sich beziehen.)

Augsburg. In der Sammlung des J. G. Deuringer. * 1810. 1813. (Jack, Künstl. Bamb.)

16. Ein altes Weib sucht Ungeziefer auf dem Kopfe eines Knaben.
17. Zwei Bauern zählen Geld.
18. Das Bildniss des Künstlers. (In diesem Gemälde findet man das Geistige und Zarte eines Van Dyck; die Fleischtöne sind sehr schön.)

In der Sammlung J. J. v. Huber's. * 1814. (Jäck, etc.)

19. Doctor Faust (?) mit einem Buche in der Hand, auf welchem Zauberzeichen zu sehen sind; links die Larve des Satans.

Bamberg. In der Sammlung des fränk. Gesandten Joh. Ignaz Tobias v. Bottinger. * 1760. (Jäck. etc.)

20. Das Bildniss dieses ausgezeichneten Bambergers. Es soll eines der vorzüglichsten Gemälde gewesen sein, welche Kupetzky in Franken fertigte; der Künstler erhielt dafür eine ansehnliche Belohnung.

In der Sammlung Joseph Heller's. * 1824. (Jäck.)

21. Brustbild eines alten Philosophen, welcher die linke Hand auf ein Buch stützt, von guter Zeichnung und herrlicher Beleuchtung; wurde von Bernhard Vogel in Kupfer gestochen.

In der Sammlung der Grafen v. Rotenhan. * 1781. (Jäck.)

22. Das Bildniss des kaiserlichen Hofmalers Palko.

Bei dem Hofkriegsrath Weber. * 1790. (Jäck.)

23. Bildniss des geh. Rathes H. Chr. Hochmann, Freiherrn v. Hohenau. Ist in Kupfer gestochen. Das Gemälde befand sich früher in der Hagen'schen Sammlung zu Nürnberg. Eine Copie davon von Gabriel Müller, war auf dem Rathhause daselbst, eine andere in dem Ebnerischen Museum.

Berlin. Im königlichen Museum.

24. Des Künstlers eigenes Bildniss, mit einer Pelzmütze, in einen dunklen Pelz gekleidet. Eine Pfeife im Munde, stützt er sich mit der Rechten auf einen Tisch, in der Linken hält er ein Stück Kreide. In dem dunklen Hintergrunde ein Vorhang. Auf Leinwand.

25. Das Bildniss der Tochter des Künstlers, mit einem Federhut, in weissatlassenem Kleide und einem Mantel aus dunklem Schillerstoff. In der auf einem Tisch ruhenden Rechten hält sie einen Schäferstab. Grund dunkel. Gegenstück vom vorigen Bilde auf Leinwand.
26. Der heil. Franciscus * sitzt in der Wüste auf einem Steine. Zu seinen Füssen Rüben, die ihm zur Nahrung dienen. Im Hintergrunde noch zwei Ordensbrüder, von denen einer im Nachdenken über einen Todtenkopf versunken ist. Auf Leinwand.

Königliches Schloss. Im grünen Saal.

27. Der verlorene Sohn.

Bei der Witwe Bötticher. * 1814. (Jäck.)

28. Bildniss des Prinzen Eugen, mit allen Attributen eines Feldherrn im Hintergrunde einer Schlacht.

Bei O. Pein, Rittergutsbesitzer.

29. Porträt eines Mannes mit rasirtem Gesicht. Kopfbedeckung ähnlich dem Turban, mit Reiherfeder und Agraffe mit Edelsteinen. Rother ungarischer Rock, mit goldenen Knöpfen und Goldverschnürung. Von der rechten Schulter hängt über die Brust eine Goldschnur herab, daran der Säbel, dessen Griff mit Edelsteinen besetzt ist. Hals, Brust und Aermel des Rockes sind verbrämt, unter dem Rock goldverzierter Harnisch. Brauner Hintergrund mit Vorhängen. Brustbild, lebensgross. Auf Leinwand. Rückwärts ist ein Viertelbogen Papier angeklebt mit der Inschrift: D. Daniel Erasmus ab Huldenberg, S. R. S. Liber Baro Bannerius et Nobilis Dominus Hereditarius. Dominus in Wartha. Regis Magnae Britanniae et Electoris Brunswig-Lüneburg. Georgi I. Consiliarius Intimus et Ablegatus Extraordinarius ad Augustum Imperatorem Carolum VI. Natus anno 1660, d. 4. Apr. St. n. pictus Ao 1719. a Pictore Kopezky Bohemo, qui Sui parem hoc Seculo non habet. Pictura constat 200 Florenz. Rhen. Vestitu Hungarico pictus, quia in Magnatem Hungariae creatus est A^{o} 1712. Ejus nomen insertum Articulis Regni Choniensibus d. ao. 1715. Artic. 134.

Braunschweig.   Im herzoglichen Museum.

30. Ein ungarischer Edelmann mit einer Pelzmütze auf dem Kopfe, greift nach seinem Säbel. Halbe Figur in Lebensgrösse. Auf Leinwand.
31. Eine junge Dame löst mit der linken Hand die Perlenschnur, die sie um die Rechte, welche auf einem Kissen ruht, gewunden hat. Halbe Figur in Lebensgrösse. Auf Leinwand.
32. Peter der Grosse. Er ist mit Harnisch und Pelzmantel bekleidet. In der rechten Hand hält er den Commandostab und stützt sich auf eine Kanone. Die andere Hand hat er in die Seite gestützt. Halbe Figur in Lebensgrösse. Auf Leinwand.
33. Kupetzky's und seines Sohnes Bildniss. Er sitzt in einen Schlafrock gehüllt, den er mit einem Tuche zugebunden hat, und sieht durch eine Brille. In

der linken Hand, die er in die Seite setzt, halt er einen Stock, die Rechte ruht auf dem Schoss. Sein Sohn steht bei ihm und zeigt fragend auf das Notenblatt in seiner linken Hand. Kniestücke in Lebensgrosse. Auf Leinwand.

34. Das Bildniss einer polnischen Dame in einem mit Pelz besetzten Kleide. Die rechte Hand halt sie in die Höhe und fasst den zurückgeschlagenen Schleier. Die Linke ruht auf einem Tische. Halbe Figur in Lebensgrosse. Auf Leinwand.

35. Ein junger Mann mit entblosster Brust, einer Mütze und einem Schlafrock. Sein linker Arm ruht auf einem Gestelle. Halbe Figur in Lebensgrosse. Auf Leinwand.

36. Kupetzky's Bildniss. Er steht vor der Staffelei mit Mütze und Schlafpelz, in den Händen Pinsel und Palette, und im Begriff zu malen. Auf dem Tische Pinsel und Tabaksdose. Halbe Figur in Lebensgrosse. Auf Leinwand.

Budapest. In der National-Galerie.

37. August der Starke. Er ist im Panzer, Hermelin, mit Ordenscordon und dem goldenen Vliess. Den Marschallstab halt er in der Rechten, die Linke stemmt er in die Hutte. Kopf und Gestalt ganz en face gemalt, tragt eine weisse Perücke. Stehende Figur, lebensgross. Kniestuck.

In der Bildergalerie des Nationalmuseums.

38. Porträt eines unbekannten Mannes. Hat eine schwarze Pelzmütze mit gelblicher Feder. Die Kleider sind grau und mit Goldsaum versehen. Die Brust ist offen, am Hals ist eine schwarze Binde. Der Ueberwurf aus rothem Sammt fällt vom linken Arm in den Schoss. Sitzende Figur, lebensgross. Auf Leinwand.

(Ein zweites Bild, angeblich von demselben Meister, ist hier, das wir jedoch nicht für ein Werk Kupetzky's halten.)

Im Besitz des Grafen Emanuel Andrássy.

39. Selbstporträt, sitzende Gestalt. Ein sehr hübsches und kunstvoll ausgeführtes Bild, ganz unter dem Einfluss Rembrandt's. Leinwand.

40. In derselben Sammlung befindet sich auch ein nach einem Kupferstich verfertigtes, sehr interessantes Mosaikbild, den Fürsten Franz Rákóczy II. darstellend.)

Im Besitz des Grafen Stephan Keglevich.

41. Porträt des Fürsten Franz Rákóczy II. Der mit grosser Liebe und Lust gemalte Kopf ist ein gutes Studienbild. Am Gemälde sind auch beide Hände sichtbar. Leinwand.

Im Besitz von Friedrich v. Harkányi.

42. Selbstporträt aus jüngeren Jahren. Leinwand

Im Besitz des Grafen Eugen Zichy.

43. Ein Mann, der auf der Flöte spielt, nach rechts gewendet. Brustbild. Auf Leinwand.

44. Porträt des Giovanni Battista Reusi, wie die Inschrift rückwärts am Bilde lautet. Nach rechts gewendet. Auf Leinwand.

45. Ein Mann sitzt neben dem Tische, trägt Brille, ein wenig nach links gewendet. Leinwand

Charlottenburg. Im Concertzimmer des königlichen Schlosses. (Mensel, Neue Misc.)

46. Ein Musikus, der einem Jüngling auf dem Clavier Unterricht giebt. Es sind halbe Figuren in Lebensgrösse.

Darmstadt. In der grossherzoglichen Gemäldegalerie. 1820.

47. Kupetzky's eigenes Bildniss. Auf Leinwand.

Dresden. In der königlichen Gemäldegalerie.

48. Bildniss des Meisters. Halbe Figur. Auf Leinwand.

Sammlung des Georg Friedrich Walther. * (Katalog der eigenen Sammlung. 1812.)

49. Das Porträt von Anton Pesne, Hofmaler und Director der Kunstakademie in Berlin, sitzend, mit braunen Haaren und offener Brust, in einem blauen Pelze; in der linken Hand eine Zither haltend, den rechten Arm auf dem Tisch liegend, mit herabhängender Hand. Auf Leinwand.

50. Porträt von dessen Gattin, mit braunen Haaren und herabhängendem Hemde, an einem mit grünem Tuch bedeckten Tische sitzend, auf welchem vor ihr ein grosses, carmoisinrothes, längliches, sammtenes Kissen liegt, auf welches sie ihren rechten Arm stützt und mit dem Zeigefinger droht, den sie an den rechten Backen hält. Der linke Arm ruht auf dem Kissen. Gleiche Grösse. In Berlin gemalt.

Eisenstadt. In der ehemaligen Sammlung des Fürsten Eszterházy.

51. Brustbild einer Mannsperson * mit einer rothen Mütze. (Aus Jack entnommen; vom Bild ist nicht bekannt, wo es ist.)

Erlau. In der Gemäldesammlung von Johann v. Fáy im Lyceum.

52. Porträt eines jungen Mannes, mit seinem Gesichte dem Beschauer zugewendet.

53. Porträt eines Miniaturmalers. (Der Name ist nicht angegeben. Pozsony & Körny. [Pressburg und Umgebung.] 1865. S. 19.)

Gotha. In der herzoglichen Gemäldegalerie.

54. Bildniss eines in Pelz gekleideten Mannes mit einem Hammer in der linken Hand. (Porträt des Rákoczy.) Auf Leinwand.

55. Brustbild eines Mannes mit offenem Hemdhals, übergeworfenem Mantel und linker Hand. Auf Leinwand.
56. Ein Jüngling in rother Mütze mit weissen Federn. Brustbild. Auf Leinwand.
57. Des Künstlers eigenes Bildniss. Auf Leinwand.

Graz. In der landständischen Bildergalerie. (Aus einem Manuscript Katalog.)

58. Porträt des Grafen Stracka v. Nedobilez.

In der Attems'schen Galerie.

59. Ein Flötenspieler. *
(Aus Jos. Freiherr v. Hormayr's Archiv für Geschichte, Statistik Literatur und Kunst. Wien, 1828, pag. 287 entnommen.)

Halle. Hendel'sche Sammlung. * 1805. (Jack.

60. Bildniss eines Gelehrten.

Hannover. Provinzialmuseum. 1876. (Verzeichniss der zum Vermögen des Königs Georg gehörenden Gemälde, welche sich im Hause Nr. 3 der Landschaftsstrasse befinden.)

61. Das Porträt des Künstlers selbst. Auf Leinwand.

Hermannstadt. Gemäldegalerie des freiherrlich Bruckenthal'schen Museums.

62. Selbstporträt des Künstlers.
63. Ein Händler verkauft an eine alte Frau Eier. Halbe Figuren Lebensgrösse. Auf Leinwand.
64. Ein junges Mädchen kauft von einem Wildprethändler eine wilde Taube.
(Hier noch die erwähnte Copie des Rákóczy-Bildes, von Martin Stock, einem Siebenbürger Sachsen. Blühte gegen Ende des 18. Jahrhunderts, war Maler und Kupferstecher.)

Köln. Gemäldesammlung des Museums Wallraf-Richartz.

65. Selbstbildniss des Malers. Er ist etwas nach rechts gewendet, trägt einen braunen Rock und eine braune, mit weissem Bande geschmückte Pelzmütze, seine rechte Hand, über welcher ein breites Weisszeug liegt, ruht auf dem Vorsprung eines Tischchens, auf welchem ein Stück bekritzeltes Papier sowie eine Reissfeder sichtbar ist und auf welches sein von der linken Schulter abwärts fallender graubrauner Mantel fällt. Leinwand.

Kopenhagen. Königliche Bildergalerie.

66. Porträt des Malers Werner-Tamm. Hält in der einen Hand die Palette, in der anderen Pinsel.

Krakau. Galerie der Kunstfreunde.

67. Ein lebensgrosses Porträt, Kniestück, ein Mann in einem dunkelrothen, pelzbesetzten Sammtschlafrock, gelber, goldgestickter Weste, offenem Halskragen, ein geistvolles, ironisch lächelndes Bonvivantgesicht, das den Bart und Kopfhaar ober der Stirn und den Ohren rasirt hat. Er sitzt halb nachlässig mit überschlagenen Beinen auf einem Armstuhl, den rechten Arm in die Seite gestemmt und schaut fest aus dem Bild heraus. Leinwand.

Leipzig. In der Sammlung des J. C. Lampe. * 1818. (Jäck.)

68. Ein altes Weib. Dieses schöne Gemälde ist hinlänglich durch den Kupferstich von Bause bekannt.

Städtisches Museum.

69. Eine alte Frau mit einem Briefe in der Hand. (Gestochen von Joh. Friedr. Bause mit der Unterschrift „Die Vertraute".) Auf Leinwand.

Melk. Im Stift.

70. Kaiser Karl VI.
71. Abt Berthold von Melk als Rector Magnificus der Wiener Universität (1706).
    Aus Schweickhardt-Sickingen, Darstellung des Erzherzogthums Oesterreich unter der Enns IX. Bd. 125.)

München. Königliche Pinakothek.

72. Weibliches Bildniss mit blauem Kopftuch, über die Schulter zum Bilde herausschauend; die Linke ruht an der Brust, die Rechte hält ein Buch. Halbe Figur. Leinwand.
73. Bildniss einer Frau, * mit weissem, rothbesäumten Kopftuch und schwarzem Brustflor über dem Miederkleide, im Profil abwärts blickend. Leinwand.

In der königlichen Galerie. 1818. (Jäck.)

74. Bildniss Kupetzky's.* (Dieses Gemälde befand sich 1775 zu Schleisheim und 1787 in der Galerie zu München.)
75. Prinz Eugen.* 1715. (Dieses Bild befand sich in der Galerie zu Düsseldorf.

Nürnberg. Germanisches Museum.

76. Selbstporträt des Künstlers mit der Chocoladetasse in der Rechten. Sitzende Halbfigur. Leinwand.
77. Bildniss eines Knaben. Halbfigur nach links. Leinwand.
78. Selbstbildniss des Künstlers, in rothem Sammtmantel und rothem Hut, als Flötenbläser. Halbfigur nach links. Gesicht nach vorn. Auf dem Tisch ein Notenblatt. Leinwand.
79. Bildniss eines unbekannten Malers (Müller) mit der Palette in der Linken. Er trägt einen braunen Rock, durch dessen Knopflöcher ein blaues Band geschlungen ist, und einen dunkelrothen Hut. Halbfigur. Leinwand.

— 118 —

80. Ein graubartiger Mann in schwarzer Kleidung mit einem Rheinweinglas in der Linken. Brustbild nach vorn. Leinwand.
81. Ein alter Mann in dunkler Kleidung, die Pfeife mit der Rechten haltend. Gegenstück des Vorigen. Brustbild nach vorn.
82. Bildniss des Kaufmanns Huth, von einer links stehenden Kerze beleuchtet, die Thonpfeife in der Rechten, mit der Linken eine Untertasse haltend. Leinwand.
83. Bildniss des Franz Rákóczy II.*) in Stahlbrustung mit rothgefüttertem Pelzüberwurf, das Haupt mit einem Turban bedeckt. Brustbild nach vorn. Leinwand.

(Diese sämmtlichen acht Bilder sind Eigenthum der Stadt Nürnberg die ihre Kunstsammlungen im germanischen Nationalmuseum aufgestellt hat.)

Auf dem Rathhause 1801. * (Jack.)

84. 85. Zwei holländische Bauernstücke.
86. Kupetzky in althussitischer Tracht mit seinem beinahe achtjährigen Sohne. Beide haben weisse Kragen.
87. Die Frau des Kupetzky; sie hält in der linken Hand ein schwarz gebundenes Gebetbuch, mit der anderen hält sie ein breites, um die Brust geschlagenes Halstuch zusammen.
88. Bildniss des M. Ephraim Schlickeisen, Instructors im Hause Kupetzky's welcher 1741 die Witwe desselben heiratete.
89. Peter der Grosse, im Harnisch und mit übergeschlagenem Gewand.
90. Bildniss des Kaufmanns Wolfgang Tob. Huth, sitzend mit einem Weinglas in der Hand; seine Frau steht hinter ihm. Ist von B. Vogel gestochen. (S. N. 97.)
91. Dasselbe, wie Huth Violine spielt.
92. Bildniss des Stifters der Herrnhuter, Philipp Ludwig Sinzendorf.
93. Ein geharnischter Mann, der einen Säbel aus der Scheide zieht. Diese Gemälde wurden aus der v. Hagenischen Sammlung gekauft.

In der Zeichnungs-Akademie. 1801. * (Jack.)

94. Bildniss des Malers Joh. G. Blendinger.
95. Die Köchin des Malers, nicht ganz beendigt.
96. Bildniss der Kunstliebhaberin Schnellin.
97. Ein Kellner mit einem Weinglas in der Hand.

Im Ebnerischen Museum 1801. * (Jäck.)

98. Bildniss des Losunger v. Ebner.

In der Sammlung des J. G. F. v. Hagen. 1784. * (Jack.)

99. Der heilige Joseph, den das Jesukind umfassen will.
100. Kartenspieler, denen ein Jude zusieht.

*) Im Katalog steht „Franz Rákóczy I. († 1676)". Dies ist ein Irrthum. Das Bild stellt den Fürsten Franz Rákóczy II. dar, denn Kupetzky ist 1667 geboren, war neun Jahre alt, als Rákóczy I. starb, somit konnte er ihn gar nicht malen.

101. Würfelspieler.
102. Zwei Personen spielen das Fingerspiel.
103. Zänker.
104. Kupetzky, eine offene Tabaksdose haltend, in einem Pelze.
105. 106. Zwei Köpfe von Farbenreibern des Künstlers; der Eine hat ein Trinkglas, der Andere eine Tabakspfeife.
107. Porträt des Nürnberger Kaufmanns J. A. Ballador.
108. Porträt der Frau Haberstock in Wien.
109. Porträt des Leipziger Malers David Hoyer.
110. Ein Mann in Helm und Brustharnisch.
111. Ein Knabe von 12 bis 14 Jahren.
112. Eine junge Weibsperson.

Die Frau des Kupetzky besass noch 1740 folgende Gemälde, welche sie zu verkaufen wünschte. Aus Mangel an Nachrichten können wir die jetzigen Besitzer nicht angeben.

113. Die heilige Familie
114. Die heilige Maria Magdalena.
115. Der Geruch.
116. 117. Zwei Landschaften.
118. Kupetzky's Bildniss mit der Brille auf der Nase, mit seinem neben ihm stehenden Sohn, der eine Arie zeigt.
119. Kupetzky, wie er Farben mischt, hinter ihm seine Tochter.
120. Kupetzky mit einer Tabaksdose; vielleicht Nr. 53.
121. Der junge Kupetzky spielt Clavier.
122. Eine Mannsperson, welche in einer Hand eine Kaffeeschale und in der anderen eine Tabakspfeife hat.
123 bis 126. Vier verschiedene Bildnisse.
127. Ein im Lehnstuhl sitzender Mann mit einem kleinen weissen Hund.

Preissler'sche Sammlung. * (Will. S. 418.)

128. Gottfr. Schadelock, Kaufmann in Nürnberg.
129. Jo. Laur. Forster, Kaufmann in Nürnberg.
130. Dessen Frau, geb. Volckamer.
131. Joh. Guil. Ebner ab Eschenbach, Monast. ad. St. Claram et Pillenreuth. Praef.
132. N. Hirschmann, Pictor N.
133. Ein Kellner vor einem Weinfass.

Im ehemaligen Rohledderersgarten * bei St. Johannes.
(Aus Murr Beschreibung der Stadt Nürnberg, etc. 1778. S. 505.)

134. Ein geharnischter Mann, Halbfigur, der einen Sabel aus der Scheide zieht.
135. Das Brustbild Peter's des Grossen im Profil.
136. Porträt der Frau Haberstock in Wien.
137. Ein Knabe von 12 bis 14 Jahren.
138. Der heilige Joseph, den das Jesukind umfassen will.

139. Der um Nürnberg sich so verdient gemachte geheime Rath Heinrich Christoph Hochmann Freiherr v. Hochenau.
140. M. Ephraim Schlickeisen, im Profil, ehemaliger Praeceptor im Kupetzky'schen Hause und 1741 zweiter Mann der Witwe unseres Kupetzky.
141. Eine junge Frauensperson.
142. Bildniss des Kaufmanns Wolf Tobias Huth, beim Sehen einer Lampe.
143. Eben dieser mit seiner Frau.
144. Eben derselbe, ein musikalisches Instrument stimmend.
145. Porträt eines Leipziger Malers. (Vielleicht ist dieses Bild Hoyer, der ihm die Kleider zu seinen Portraten malte, als er 1716 von Peter dem Grossen nach Karlsbad berufen wurde.)
146. Kupetzky selbst in althussitischer Tracht, mit einem weissen Kragen und sein Sohn, ein sieben- bis achtjähriger Knabe, ebenso gekleidet.
147. Die Ehefrau unseres grossen Künstlers, Susanna, seines Lehrmeisters Klaus Tochter. Sie hält ein schwarz gebundenes Gebetbuch in der einen Hand, mit der anderen macht sie ein bereits um die Brust geschlagene Halstuch zurecht. (Dieses Bild malte Kupetzky in Wien in dieser Auffassung um sie an ihre Besserung zu erinnern, die sie ihm heilig zusicherte als er ihr in Wien eine Sünde verzieh.)
148. Kupetzky selbst in einem Pelze, eine offene Tabaksdose haltend.

An diesen drei Stücken malte Kupetzky viele Jahre, nur in seinen Ruhestunden beschäftigte er sich mit denselben; man kann schon daraus auf den Werth dieser Bilder einen Schluss ziehen.

149. Ein mit Helm und Brustharnisch bekleideter Mann.
150. Würfelspieler.
151. Zwei Menschen treiben das Daumen- oder Fingerspiel. (Quindici Zween spielen il Giuoco della mora, so bezeichnet in Murr Journal. XIII. 111.)
152. Graf Philipp Ludwig v. Sinzendorf, sitzend, im Habit des goldenen Vliesses. (Kupetzky wollte ein grösseres Gemälde darnach verfertigen. Murr. Journal. XIII. 111.)
153. Porträt des Nürnbergischen Handelsmannes Anton Ballador.

Im Friedrich Brückner'schen Cabinet. *
(Auf der Fleischbrucke. Murr. Journal XIII, 217.)

154. Kupetzky's Selbstporträt. In Pastell.

Pommersfelden. [)] Gräflich Schönborn'sche Sammlung.

155. Bildniss Kupetzky's nebst seinem Sohne mit rundem, vollem Gesicht neben ihm liegen Briefe. Das Bild ist gross und erhaben gemalt.
156. Ein alter Geistlicher in schwarzer Kleidung aus den Zeiten der Reformation, er hat einen Kelch vom Abendmahl in der Hand und scheint bei sich zu überlegen. (Meusel, Museum. II. B Erst. Stuck, S. 26.)

[)] Unsere briefliche Anfrage, ob sich diese Bilder noch hier befinden, wurde leider nicht beantwortet.

157. Ein reformirter Geistlicher, neben welchem sein Söhnchen steht. Der Ausdruck des alten Mannes, welcher eine Predigt zu überlegen scheint, ist von höchster Wahrheit und bildet zugleich einen interessanten Gegensatz zu dem harmlosen Kindergesichte nebenan. Dieses Bild soll nach England gekommen sein. (Allg. Deutsche Bibliographie. Leipzig, 1883. XVII. 410.)
158. Ein betender Franciscus. Der Plafond ist von Jordaens.
159. Porträt eines Mannes im ungarischen Pelz.
160. Eine Schäferin in weissem Atlaskleide und Strohhut.
161. Ein Querpfeifer in rothem Pelz.

Prag. Gemäldegalerie der Privatgesellschaft patriotischer Kunstfreunde.
162. Porträt eines Mannes, der die Laute spielt
163. Porträt des Michael Kriesinger v. Eckersfeld in Helm und Harnisch.

Pressburg. Im Besitz des Advocaten Olgyay.
164. 165. Zwei Bilder in der Art des Stiches „Der Philosoph". Auf beiden Bildern hat je ein Mann eine Papierrolle, auf welchen geheime Zeichen und Ziffern sind, die sie zu entziffern trachten. Halbe Figuren, lebensgross. Auf Leinwand.

Roland. (Schloss). In der Bildergalerie.
166. Bildniss des Malers und seines Sohnes Johann Christian. Kniestück.

Salzthalen. Herzogliche Bildergalerie.
167 Bildniss des Künstlers. Er steht mit einer rauhen Mütze, in einem grünen, mit Pelz gefütterten Schlafrock vor der Staffelei, hat Pinsel und Palette in den Händen und ist im Begriff zu malen. Auf dem Tische liegen Pinsel und Tabaksdose. Halbe Figur in Lebensgrösse. Auf Leinwand
168. Des Künstlers und seines Sohnes Bildniss. Er sitzt in einem Schlafrock aus Sammt, den er mit einem seidenen Tuche zugebunden, den linken Arm in der Seite und sieht sich mit der Brille um; die Rechte ruht auf dem Tische. Sein Sohn steht vor ihm und weist auf ein in Händen habendes Notenbuch. Vor ihm steht ein Clavier. Kniestück in Lebensgrösse. Auf Leinwand.
169. Das Bildniss eines jungen Mannes in einem Gewande, mit blosser Brust. Er liegt mit einem Arm auf einem Postament. Figur bis auf den halben Leib. Auf Leinwand.
170. Das Bildniss einer jungen Dame, welche die Hand auf ein Kissen legt und mit der anderen Perlen von demselben ablöst. Auf Leinwand.
171 Ein Kopf mit einem Barte. Auf Leinwand.
172. Ein alter Kopf mit einem Barte. Auf Leinwand.
173. Das Bildniss Peters des Grossen. Er ist geharnischt, und ein rother mit Pelz gefütterter Mantel hängt ihm über die linke Schulter und über den rechten Arm. In der rechten Hand hält er den Commandostab, mit dem er sich auf eine Kanone stützt. Die andere Hand setzt er in die Seite. Auf Leinwand.
174. Das Brustbild des Königs August von Polen, in einem Mantel und Brustharnisch. Auf Leinwand.

175. Das Bildniss des Grafen von N. N. in ungarischer Kleidung. Er greift nach dem Säbel. Halbe Figur in Lebensgrosse. Auf Leinwand.
176. Eine Dame mit einem über die Schulter hangenden blauen Mantel welcher sie mit der linken Hand anfasst. Halbe Figur. Auf Leinwand.

Schleissheim.   Königliche Bildergalerie

177. Bildniss des Bischofs von Hutten. Leinwand.
178. Bildniss des Künstlers mit seinem Sohne. Leinwand.
179. Bildniss eines Frauenzimmers. * Leinwand.
180. Brustbild eines alten Mannes. (Magazin. Verdorben.)
   (Der Traum des Künstlers und ein Christusbild wurden als verdorben aus dem Magazin in Schleissheim 1852 verkauft.)

Schwerin.   Grossherzogliche Gemäldegalerie

181. Kupetzky's Selbstporträt, in blauem Gewande, mit rother Mütze, breiter weisser Halsbinde, die Palette mit aufgesetzten Farben in der Hand und mit dem Pinsel das angefangene Bild berührend. Er blickt den Beschauer an. Auf Leinwand.
182. Der Apostel Petrus in überlebensgrosser Halbfigur. Thränenvollen Blickes schaut er himmelwärts, die nervigen Hände faltend und den Mund wie im Gebet bewegend. Er trägt ein dunkelblaues Gewand, das den linken Unterarm und einen Theil seiner Brust frei lässt. Vorne, oberhalb des linken Armes, wird das Stück eines gelbfarbenen Mantels sichtbar. Dunkler Grund. Leinwand

Speier.   In der Bildergalerie.
183. Ein Apostelkopf (Heiliger Andreas.)

Stuttgart.   Königliche Staatsgalerie.
184. Bildniss der Gattin Kupetzky's. Dasselbe stellt die Frau im Alter von etwa 50 Jahren dar, und zwar als eine wohlgenährte, freundlich ins Leben blickende und gerade nicht mit edlen Gesichtszügen ausgestattete Dame. Die Hände hat sie unter der Brust zusammengelegt. Sie trägt ein schwarzes Kleid und grossen Spitzen- respective Tüllkragen um den Hals, dabei eine grosse runde, um den Kopf gelegte Haube. Sie sitzt behaglich, doch ist ein Stuhl nicht bemerkbar. Kniestück. Auf Leinwand.
185. Das Porträt Kupetzky's. Er sitzt in einem Lehnstuhl, schaut mit einer grossen Brille (Zwicker) auf der Nase ernst zum Bilde heraus. Er trägt einen braunen, weiten, schlafrockartigen Kaftan, der von einem bunten, gestreiften Gürtel um die Hüften gebunden ist. Die rechte Hand stützt er auf einen Tisch, während die Linke einen Krückstock gefasst hat. Den Kopf schmückt eine pelzartige Mütze, die eine Art Barett vorstellen mag. Costum und Malerei deuten auf Rembrandt'schen Einfluss. Kniestück. Auf Leinwand

St. Florian.   Im Stift.
186. Samson und Delila.

Temesvár.   Sigismund v. Ormós'sche Sammlung
187. Porträt des Nürnberger Kaufmanns Wolf. Tobias Huth, im Hemd, mit Hut auf dem Kopfe, mit Musik beschäftigt. Stehende halbe Figur. Auf Leinwand

188. David mit dem Kopfe des Goliath. Als David ist der Sohn des Künstlers porträtirt.

Wien. K. k. Gemäldegalerie (Belvedere).
189. Selbstporträt des Künstlers im 42. Jahre seines Lebens. Ist im Begriff, ein männliches Porträt zu malen und hat Pinsel und Palette in den Händen. Signirt: Johan. Kupetzky Pinxit 1709.
190. Bildniss einer vornehmen Dame mit ihrem kleinen Sohn, der ein rundes Porträt hält. Sie sitzt im Garten bei einem Tisch, auf dem der linke Arm ruht, der rechte auf des Knaben Schulter.

Gemäldegalerie der k. k. Akademie der bildenden Künste.
191. Porträt des Geheimrathes Grafen Adam Philipp Losy v. Losymthal, Protector der k. k. Akademie der bildenden Künste in Wien seit 1750.

Bei Frau Arnold.
192. Ein Brustbild. Porträt eines Mannes. (Aus der Kaunitz-Sammlung.)

Galerie des Grafen Harrach.
193. Porträt des Reichsgrafen Alois Thomas Raimund v. Harrach in rothem Rock und mit Allongeperücke. (Geb. 7. März 1669, gest. Wien, 7. Nov. 1742; Botschafter in Spanien, Vicekönig von Neapel etc. Gemalt 1711.) Halbe Figur. Leinwand.

Galerie des Fürsten Liechtenstein.
194. Porträt eines unbekannten Mannes.

(Ein zweites Bild, der sogenannte „Raucher", ist hier gleichfalls als ein Werk Kupetzky's bezeichnet. Dieses Bild ist schon in v. Perger's „Kunstschätze Wiens" als eine Jugendarbeit des Velasquez besprochen und reproducirt worden. Wir halten das Bild nicht für eine Arbeit Kupetzky's.)

Im neuen Rathhaus.
195. Porträt des Kaisers Karl VI. Ganze Figur.

Sammlung des Grafen Edmund Zichy.
196. Fürst Franz Rákóczy II., im Panzer, mit übergeworfenem Pelze. Ein äusserst charakteristisches Porträt, in dem sich der ganze Trotz und die Energie dieses Mannes, verbunden mit dem tiefsten Misstrauen, im seitlichen Blicke, getreu abspiegelt. Er ist im Begriffe, den schlachtbereiten Degen zu ziehen. Brustbild. Auf Leinwand.

(Stich von Westermeyer, erschienen bei Artaria in Wien.)
197. Des Künstlers Selbstporträt. Kleines Bild. Kniestück. Leinwand. Die Bezeichnung: Copezzki P. 1730, rührt offenbar nicht vom Künstler her.
198. Das Porträt des jungen Kupetzky, präsentirt uns einen naiv und glücklich aufgefassten Knaben von etwa 15 Jahren, mit Talent verrathendem klugen Blick, einen Rahmen unter dem auf einen Stock gestützten Arme tragend, mit grossem Hut. Das Colorit ist äusserst fein und weich, die Behandlung höchst sorgfältig. Brustbild auf Leinwand.
199. Porträt des Christian Ludwig Liskow, Satiriker und Schriftsteller, geb. Wittenberg 27. April 1701, gest. in Berg bei Eulenburg 30. October 1760. Brustbild. Auf Leinwand.

200. Portrat einer Dame mit grauer Frisur, die Linke hält das Kleid auf der Brust. Rothes Kleid mit blauem Ueberwurf. Oval. Auf Kupfer.
201. Porträt einer Dame, in der Linken eine Violine, mit der Rechten spielt sie am Clavier, vor ihr Noten. Trägt ein granes Kleid. Im Haar Blumen Brust offen.
202. Porträt des Arztes Arzt mit einem Todtenschädel in der Rechten mit offener Brust. Hat lange Haare und schwarzen Mantel. Leinwand
203. Porträt eines jungen Polen in Nationaltracht, sehr schön beleuchtet. Leinwand.
204. Sitzender Mann, mit braunem Sammtrock, offener Brust, rothgrüner Mütze. Spielt die Bassgeige.
205. Porträt eines unbekannten Polen, ohne Bart, mit polnischer Mütze, herabhängendem Schnurrbart und Haar.
206. Porträt eines Mannes in der Art der ungarischen Kleider
207. Cellospieler.
208. Porträt eines Mannes, ganz in Rembrandt's Auffassung.
209. Ein Goldarbeiter, mit der Reparatur einer Dose beschäftigt. Sein Sohn steht neben ihm und sieht ihm zu Leinwand.
210. Eine junge Dame mit einer Stickerei beschäftigt. Ihre altliche Mutter, mit edlen Gesichtszügen und grauen Haaren, besichtigt die Handarbeit. Ein kleines Mädchen stützt sich auf seine Mutter. Leinwand.

(Diese zwei letzteren Bilder sind gegenwärtig im Schlosse des Grafen v. Zichy zu Szent-Mihaly in Ungarn.)

211. Der blinde Geiger. Leinwand.
212 Der Flötenspieler. Leinwand.

(Beide Bilder wurden bei einer Auction in Berlin angekauft.)

213. Kupetzky's Selbstporträt. Leinwand.
214 Ein Männerporträt. Leinwand.

(Die vier letzteren Bilder sind gegenwärtig im Palais des Grafen v. Zichy zu Ofen.)

Bei Herrn Leander v. Rigel

215. Selbstporträt in jungen Jahren Brustbild Holz.

Bei Frau Marie Lederer.

216. Portrat des Hof- und Miniaturmalers Eusebius Johann Alphen. Brustbild Leinwand. (Aus der Fürst Kaunitz'schen Galerie.)

Bei Herrn Professor Dr. L. M. Politzer.

217. Portrat eines Pagen mit altdeutschem Barett. Brustbild. Leinwand

Beim Grafen Schönborn (nicht in der Galerie).

218. Graf Friedrich Karl Schönborn, Vicekanzler, Bischof von Würzburg (geb. 3. März 1674, gest. Würzburg, 25. Juli 1746 Brustbild Oval Leinwand

Bei Herrn Giuseppe Rossi.

219. Portrat eines Malers. Brustbild. Leinwand. Oval.